高等学校教材

U0104467

Internet 及多媒体应用实验指导书

郭　俐　林秋明　主编

電子工業出版社·

Publishing House of Electronics Industry

北京·BEIJING

内 容 简 介

本实验教材是与郭伟刚、郭俐主编的《Internet 及多媒体应用教程》（电子工业出版社 2005 年 2 月版）配套的实验指导书。本教材的内容分为实验指导和理论习题两大部分。第 1 部分的第 1 篇至第 5 篇，是 Internet 和网页制作实验指导，主要包括 Internet 基础、网上信息浏览与信息检索、文件传输、远程登录与电子邮件、HTML 和 CSS、运用 FrontPage 2003 制作网页等内容；第 6 篇至第 9 篇，是多媒体技术实验指导，主要包括 Photoshop CS3 图像处理、Flash CS3 动画制作、Premiere 视频编辑、常用多媒体软件等内容。第 2 部分理论习题是与教材各章配套的概念性习题及参考答案。

本书适合做高等院校文科类专业课程教材，也可供计算机培训班作为教材使用。

图书在版编目（CIP）数据

Internet 及多媒体应用实验指导书 / 郭俐，林秋明主编. —北京：电子工业出版社，2010.2
高等学校教材

ISBN 978-7-121-10083-3

Ⅰ.Ⅰ…　Ⅱ.①郭…　②林…　Ⅲ.①因特网—高等学校—教学参考资料 ②多媒体技术—高等学校—教学参考资料　Ⅳ. TP393.4　TP37

中国版本图书馆 CIP 数据核字（2009）第 231071 号

责任编辑：王玉国
文字编辑：龚立堇
印　　刷：涿州市京南印刷厂
装　　订：涿州市桃园装订有限公司
出版发行：电子工业出版社
　　　　　北京市海淀区万寿路 173 信箱　邮编　100036
开　　本：787×1092　1/16　印张：10.5　字数：268.8 千字
印　　次：2010 年 2 月第 1 次印刷
印　　数：3 000 册　　定价：16.00 元

凡所购买电子工业出版社图书有缺损问题，请向购买书店调换。若书店售缺，请与本社发行部联系，联系及邮购电话：（010）88254888。

质量投诉请发邮件至 zlts@phei.com.cn，盗版侵权举报请发邮件至 dbqq@phei.com.cn。

服务热线：（010）88258888。

前　　言

对于文科学生来说，今后在工作、学习、生活中的计算机应用模式绝大部分是以使用成熟的软件为主，很少涉及到程序开发，所以迫切需要对文科学生进行更加完整的以创作软件为基础的信息技能训练，以使文科学生的信息素质得到更好的提高。同时，随着 Internet 及多媒体技术的迅速发展和普及，迫切需要在高校计算机基础教育中加入 Internet 及多媒体方面的知识。虽然在"大学计算机基础"课程中已经不同程度地接触或学习过有关 Internet 和多媒体方面的知识，但是这些知识的系统性和完整性是不够的，应该开设完整学习 Internet 及多媒体应用方面的课程。要实现这个目标，从理想的角度，可以分别开设"Internet 应用基础"、"网页设计"及"多媒体应用基础"等课程。但是，由于目前各高校的人才培养计划中大都在紧缩学时，一般不太可能为计算机基础课程提供这么多学时。而且，目前多媒体的应用很大部分是和 Internet 结合在一起的，Internet 已经成为多媒体作品发布的最重要的平台之一，所以，我们觉得将 Internet 应用、网页制作和多媒体创作结合起来，作为一门单独的课程是具有现实意义的。

本书就是在这样的背景下写作的，它是与郭伟刚、郭俐主编的《Internet 及多媒体应用教程》一书配套的实验指导书。考虑到目前应用的实际状况，本书以 Windows XP 作为平台，主要包括 Internet 接入方式、网上信息浏览与信息检索、文件传输、远程登录与电子邮件、HTML 语言、FrontPage 2003 网页制作、Photoshop CS3 图像处理、Flash CS3 动画制作等方面的内容。

"Internet 及多媒体应用"作为一门课程，可以安排为 54 学时（3 学分），其中理论教学 28 学时，上机实验 26 学时。学生可在课程安排的实验学时内，完成本书中的基本实验要求；对于要求自主创作作品的实验（如 Flash 作品、网页作品等），则应该在课外花更多的时间进行创作。建议在校园网中为每个学生开设个人虚拟 FTP 和 Web 目录，使学生可以将自己的个性化作品发布到网络上，供大家交流、观赏和学习，以激发学生的学习主动性和创造性。

本书所用到的实验素材，可发电子邮件到 gL3583@126.com 免费索取。

本书由郭俐、林秋明任主编，龙海燕、陆海波任副主编。第 1 部分实验指导第 1 篇由林秋明编写；第 2，3 篇由陆海波编写；第 4 篇由龙海燕（实验 1）、林秋明（实验 2）编写；第 5 篇由龙海燕编写；第 6 篇由郭俐编写；第 7 篇由肖红霞（实验 1~3）、郭俐（实验 4、综合实验）编写；第 8 篇由林秋明编写；第 9 篇由左军编写；第 2 部分理论习题由郭伟刚、骆懿玲等编写。在集体讨论、修改的基础上，全书最后由郭俐、林秋明统编定稿。

郭伟刚、骆懿玲、钟敬棠为本书的编写提出了大量的宝贵意见，在此表示衷心的感谢。

本书编写过程中，虽然尽力融合了作者的实际教学和应用经验，但由于水平所限，加之技术的飞速发展，书中难免有不妥或错误之处，敬请读者批评指正。

编　者
2009 年 10 月

目　录

第 1 部分　实　验　指　导

第2部分　理　论　习　题

第1部分 实验指导

第 1 篇　Internet 基础

实验 1　Internet 接入方式

实验目的

1. 了解 ISP 的功能和作用。
2. 了解常用的 Internet 的接入方式。
3. 了解小型局域网建立的方法。

实验内容

本实验主要完成 Windows XP 下家庭局域网的组建，采用的拓扑结构为星状结构，连接方式为无线连接。

相关知识

随着计算机和网络的普及，越来越多的计算机接入 Internet。Internet 接入的方法很多，如果是普通家庭用户，通常采用普通电话线或 ADSL 的接入方式；如果是用户较多的企事业单位，通常选用专线接入的方式。无论哪种接入，都必须通过 ISP 才能将自己的计算机接入 Internet。

1．ISP（Internet Service Provider）

ISP 是指 Internet 服务提供商，主要为用户提供 Internet 的接入服务，目前我国的 ISP 有电信、联通、移动、铁通等。用户通过某种通信线路连接到 ISP，借助于 ISP 与 Internet 的连接通道接入 Internet，如图 1-1 所示。

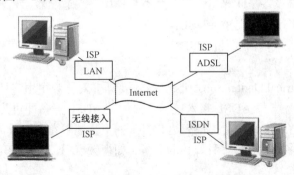

图 1-1　用户通过 ISP 接入 Internet

用户上网前，必须选择某个 ISP，然后向 ISP 提出申请并支付费用，ISP 则会向用户提供 Internet 入网连接的有关信息，如拨号上网的号码或 IP 地址、用户登录的账号及登录密码等。这样用户就可以将自己的计算机通过 ISP 的网络接入 Internet 了。

3

2．Internet 的接入方式

（1）拨号接入方式

拨号接入是利用电话线和公用电话网络接入 Internet 的技术，采用拨号接入方式连接互联网时，用户计算机必须配置一个调制解调器（Modem）与电话线连接，通过公用电话交换网（PSTN）拨号与 ISP 的拨号服务器连接，如图 1-2 所示。

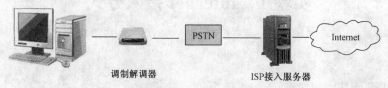

图 1-2　拨号接入方式

其中，用户计算机的 Modem 用于将计算机中的数字信号转化为可以在电话线上传输的音频信号（称为"调制"），而 ISP 端的 Modem 则是将音频信号转化为数字信号（称为"解调"）。Modem 有内置和外置之分，内置 Modem 是直接插入主板插槽的，外置的 Modem 是放在主机箱外的。

采用这种接入方式的计算机用户，接入 Internet 时是成为网上的一个独立节点，并具有自己的主机名和 IP 地址，这个 IP 地址也有静态和动态之分：静态 IP 是指为用户分配一个固定的 IP 地址；动态 IP 是指只有在拨号上网时才会分配一个 IP 地址，并且每次拨号上网的 IP 地址可能不同。

拨号接入方式成本低，安装简单，适合个人用户使用，但其最高接入速率仅有 56Kb/s。

（2）ISDN 入网方式（俗称"一线通"）

ISDN（Integrated Service Digital Network），即综合业务数字网，是电话网络和数字网络结合而成的网络。它是一种以光纤为主要传输媒体的新型通信网，可以实现语音、传真、数据、图像等信号在同一条传输线上传输。这样，计算机用户可以在上网的同时，拨打、接听电话、发送传真等，就像有两条电话线一样。

ISDN 提供了标准用户网络接口，可以将各类终端设备接入到 ISDN 网络中。用户只要使用一对用户线、一个 ISDN 号及一台有 ISDN 标准接口的终端适配器，就可以将终端设备连接到 ISDN 上。如果终端设备是计算机，那么就不必使用终端适配器，只要有一块 ISDN PC 卡，通过电话专线就可以将计算机连接到 ISDN 网上。

使用 ISDN 接入方式，需要使用 ISDN 适配器，其最大传输速率可达 128Kb/s。

（3）ADSL

ADSL（Asymmetrical Digital Subscriber Loop），即非对称数字用户环路，是以普通电话线为传输介质的宽带接入技术。ADSL 接入技术只要加装 ADSL 设备即可为计算机用户提供宽带接入服务，它能够在普通电话线上提供高达 8Mb/s 的下行速率和 1Mb/s 的上行速率。ADSL 所支持的主要业务包括多种宽带、多种媒体的服务，如视频点播、网络音乐厅、网上剧场、网上游戏和网络电视等。

（4）DSL

DSL（Digital Subscriber Line），即数字用户环路，是以铜质的电话线为传输介质的传输技术，包括 HDSL、SDSL、VDSL、ADSL 和 RADSL 等，通常称为 xDSL。可用于各种环境下传送视频、音频、多媒体等信号。各种 DSL 的主要区别在于信号传输速率和距离的不同，以及上行和下行速率的对称性不同两个方面。目前最常用的是 ADSL。

（5）HFC 宽带接入

HFC（Hybrid Fiber Cable），即光纤铜轴混合网，也称有线电视接入方式，是目前中国有线电视网采用的网络传输技术，通过同轴电缆与信号放大器等相连。

使用 HFC 接入技术，用户必须配置一个 Cable Modem（电缆调制解调器），这样就可以在不影响收看电视，并且无须拨号的情况下随时上网。

（6）光纤接入

光纤接入方式（OAN）是采用光纤传输技术接入 Internet 的，即本地交换机和用户之间全部或部分采用光纤传输的通信系统。光纤具有宽带、远距离传输能力强、保密性好、抗干扰能力强等优点，是未来接入 Internet 的主要实现技术。FDDI（Fiber Distributed Data Interface），即光纤分布数据接口，它是目前成熟的局域网技术中传输速率最高的一种，其传输速率可达100Mb/s，最大站间距离可达 200km，已被广泛用于城域网或校园网作为连接局域网的主干线。FTTH 方式指光纤直通用户家中，一般仅需要 1～2 条用户线，虽然短期内经济性欠佳，但却是 Internet 接入的长远的发展方向和最终解决方案。

（7）无线接入

无线接入技术是指终端用户和 ISP 的接入，部分或全部采用无线传输方式，为用户提供固定或移动的接入服务的技术。无线接入的方式有很多，大致分为两类：一类是基于移动通信的无线接入，如手机上网；另一类是基于无线局域网的接入技术。

组建家庭局域网

现有两台台式计算机和一台笔记本计算机，其中一台台式计算机可直接用电缆连接到路由器，其他两台采用无线连接，图 1-3 所示为该家庭局域网的连接方案。

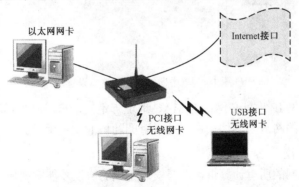

图 1-3　家庭无线局域网

组建家庭局域网的主要过程如下。

1．安装网卡

关闭各计算机电源，打开计算机机箱，给两台台式计算机分别安装以太网网卡和 PCI 无线网卡，然后重新将机箱盖装好。笔记本计算机使用的 PCMCIA 无线网卡可以随用随插，非常方便。

2．连接网线

连接网线的主要目的是将网卡、网线和网络设备连接起来。

将装有以太网网卡的台式计算机用双绞线连接到无线路由器的 LAN 端口，把连接 ADSL

或 CABLE Modem 的网线（与 Internet 连接）插入无线路由器的 WAN 端口，其他两台计算机插入无线网卡。

3．安装网卡驱动程序

连接好硬件后要为网卡安装驱动程序。以太网网卡通常都是即插即用设备，插入后开机，系统会自动提示发现新硬件并为它寻找合适的驱动程序，有线网卡的驱动程序系统通常能从自带的驱动程序库中找到，无线网卡则需要从随卡配备的光盘中安装。

4．配置无线路由器

打开有线连接到路由器的计算机，启动 IE 浏览器，在地址栏中输入路由器厂家提供的配置页地址，打开配置网页（该页面已由厂家保存在路由器内存中），以 admin 账户名登录（登录密码查阅厂家手册），开始配置。以 D-Link 的 DI-624+A 路由器为例，该网址是 192.168.0.1，首页显示了配置向导，用户可通过该向导完成配置，也可以手动配置。其中主要设置包括："激活"无线端口；配置 WAN 参数，即 Internet 的服务提供商提供的外部 IP、子网掩码、网关、DNS 服务器地址等信息，如图 1-4 所示；配置 LAN 参数，该参数包括路由器主页的网址和子网掩码；设定"激活"DHCP 服务器，用来分配 IP 地址给各个连接到路由器的用户。

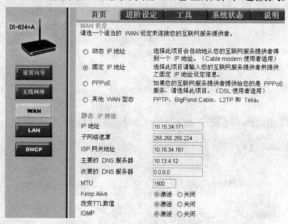

图 1-4　路由器的 WAN 端口设置

对于 ISP 要求外网 IP 地址与网卡的 MAC 地址绑定的用户，还可以修改路由器的 MAC 地址，使其伪装为绑定的网卡，具体操作方法可查阅随机的安装手册。

5．配置网络协议

对于接入该局域网的所有计算机，还要安装相应的协议才能实现局域网内部的资源共享，以及与 Internet 连接。

在 Windows XP 操作系统中，用鼠标右键单击桌面的"网上邻居"图标，选择"属性"菜单，在打开的对话框中选中"本地连接"（对应于双绞线连接到路由器 LAN 接口的计算机）或者"无线网络连接"（对应于用无线网卡连接到路由器的计算机），单击鼠标右键，选择快捷菜单中的"属性"菜单项，在弹出的"属性"对话框中，单击"安装"按钮，安装"Microsoft 网络客户端"、"Microsoft 网络的文件和打印机共享"和"Internet 协议（TCP/IP）"，如图 1-5 所示，然后选中"Internet 协议（TCP/IP）"，单击"属性"按钮，在对话框中选择"自动获取 IP 地址"，单击"确定"按钮退出，重启计算机。

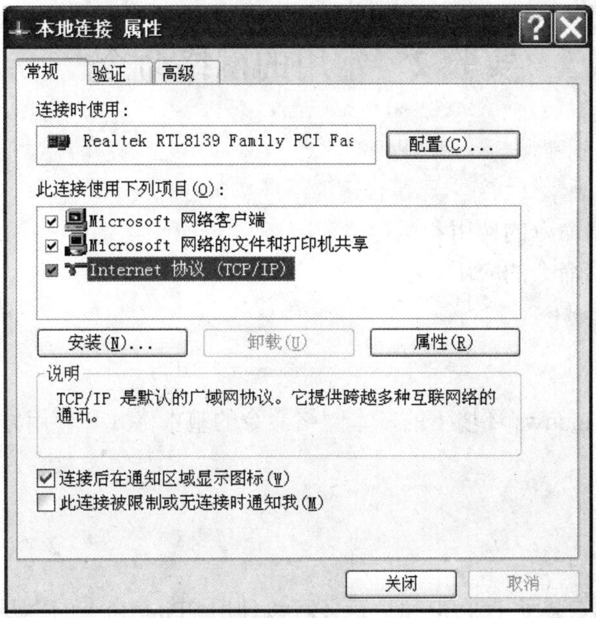

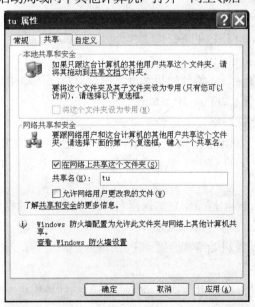

图 1-5 安装协议的对话框

6. 设置共享文件夹

在 Windows XP 中启动资源管理器，找到希望与局域网上其他计算机共享的文件夹，在其上单击鼠标右键，选择快捷菜单中的"共享和安全"菜单，弹出如图 1-6 所示的对话框，在"共享"标签中选中"在网络上共享这个文件夹"，单击"确定"按钮退出，此时在资源管理器中可以看到该文件夹上有手型标识。启动局域网中其他计算机，打开"网上邻居"可以找到共享文件夹。

图 1-6 设置共享文件夹的对话框

注意：在 Windows XP 中，出于安全性要求，一般不支持磁盘根目录的共享。

上述方案中的无线局域网是一种简单的星状拓扑结构网络，当路由器正常连接 Internet 时，局域网内所有计算机可同时连接到 Internet；当路由器没有连接 Internet，但运行正常时，局域网内计算机之间可以正常通信，网络中的任何一台机器关机不会影响其他机器之间的通信。

实验 2 常用的网络命令

实验目的

1. 了解常用网络命令的作用和运行。
2. 掌握常用网络命令的应用。

实验内容

通过例子了解 Windows 环境下的基本网络命令的基本格式和使用方法。

基本网络命令

1. Ping 命令

Ping 命令只有在安装了 TCP/IP 协议后才可以使用。Ping 命令的主要作用是通过发送数据包并接收应答信息来检测两台计算机之间的网络是否连通。当网络出现问题时,可以用这个命令来预测故障和确定故障源。如果执行 Ping 不成功,则可以预测故障出现在以下几个方面:网线是否连通,网络适配器配置是否正确,IP 地址是否可用等。但 Ping 成功只证明当前主机与目的主机之间存在一条连通的路径。

（1）Ping 命令的格式:Ping [-t] [-n count] [-l size] IP。

（2）Ping 命令的主要参数:

-t 表示使当前主机不断地向目的主机发送数据,直到按 Ctrl+C 组合键中断。

-n count 表示发送 count 指定的 ECHO 数据包数,默认值为 4。

-l size 表示发送的数据包的大小。

（3）通常用 Ping 命令验证本地计算机和网络中计算机间的路由是否存在,即 Ping 目标主机的 IP 地址看其是否响应,如 Ping IP_address。

（4）下面是用命令测试网络连接是否正常的主要步骤:

Ping 127.0.0.1。Ping 返回地址验证是否在本地计算机上安装 TCP/IP 协议及配置是否正确。这个命令被送到本地计算机的 TCP/IP 软件,如果没有回应,就表示 TCP/IP 的安装或运行存在某些基本问题。

Ping localhost。Localhost 是操作系统保留名,即 127.0.0.1 的别名。每台计算机都能将该名字转换成地址。

Ping 本机 IP。本地计算机始终都会对该 Ping 命令做出应答,没有则表示本地配置或安装存在问题。

Ping 局域网内其他计算机的 IP 地址。命令到达其他计算机再返回。收到回送应答表明本地网络中的网卡和媒体运行正常;没有收到回送应答,表示子网掩码不正确或网卡配置错误或媒介有问题。

Ping 默认网关的 IP 地址。验证默认网关是否运行,以及能否与本地网络上的主机通信。

Ping 远程 IP。Ping 远程主机的 IP 地址验证能否通过路由器通信。

如果收到 4 个应答,表示成功地通过默认网关和路由器与远程计算机建立连接。

（5）Ping 命令中使用最多的参数为-t，-n，-l，具体的命令格式如下。

Ping IP -t：连续对 IP 地址执行 Ping 命令，直到按 Ctrl+C 组合键中断。

Ping IP-l2000：指定 Ping 命令中数据长度为 2000 字节，而不是默认的 32 字节。

Ping IP-n：执行指定次数的 Ping 命令。

图 1-7 所示为执行 Ping 命令测试与网络某台计算机是否正常连接的显示。

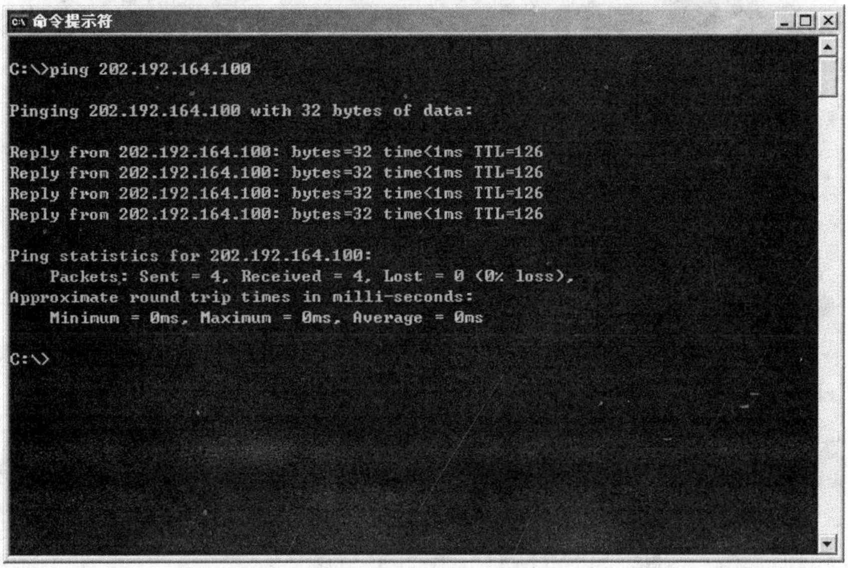

图 1-7　Ping 命令的显示结果

2．Ipconfig 命令

Ipconfig 命令可以用来显示本机当前的 TCP/IP 配置信息。如本机和所在局域网中使用了动态主机配置协议 DHCP，通过 Ipconfig 命令可以了解本地计算机是否成功地分配到一个 IP 地址，以及子网掩码和默认网关等信息，这是进行网络测试和故障分析的必要项目。

Ipconfig 常用的命令格式如下：

（1）当使用 Ipconfig 时不带任何参数选项，那么它为每个已经配置好的接口显示 IP 地址、子网掩码和默认网关值，如图 1-8 所示。

（2）Ipconfig/all 或 Ipconfig -all。当使用 all 选项时，除了显示已配置的 TCP/IP 信息外，还显示内置于本地网卡中的物理地址（MAC 地址）及主机名等信息。

（3）Ipconfig/release 和 Ipconfig/renew。这两个是附加选项，只能在向 DHCP 服务器租用 IP 地址的计算机上起作用。如果运行 Ipconfig/release，则是向 DHCP 服务器发出 DHCPRELEASE 消息停租 IP 地址。如果运行 Ipconfig/renew，那么本地机设法与 DHCP 服务器取得联系，并租用一个 IP 地址。一般情况下将被重新赋予和以前相同的 IP 地址。

3．Tracert 命令

Tracert 命令可以判定数据包到达目的主机所经过的路径，显示数据包经过的中继节点清单和到达时间。当数据包从计算机经过多个网关传送到目的地时，Tracert 命令可以用来跟踪使用的路由。

常用格式：Tracert -d target_name

-d 表示不解析主机名，这样可以节省跟踪路由的时间。

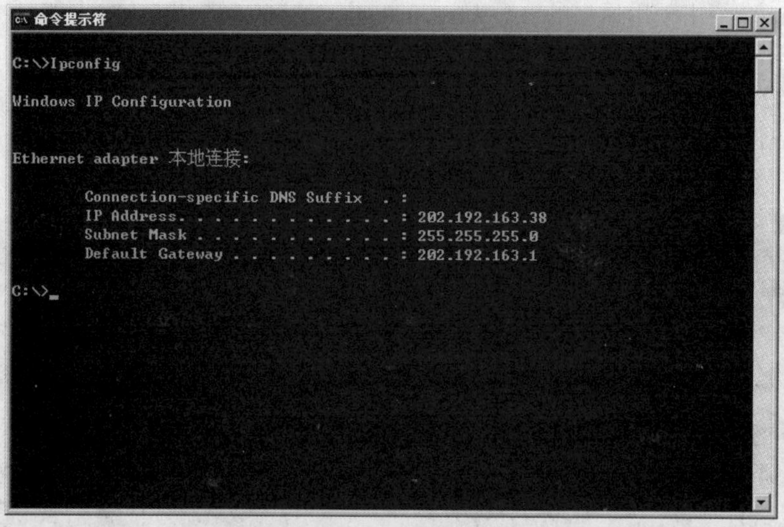

图1-8　无参数的 Ipconfig 命令的显示结果

4. Netstat 命令

Netstat 命令有助于了解网络的整体使用情况。它可以显示当前计算机中正在活动的网络连接的详细信息，如采用的协议类型、当前主机与远端相连主机的 IP 地址，以及它们之间的连接状态等。用户或网络管理人员通过该命令可以得到非常详尽的网络统计结果。

Netstat 的命令格式：Netstat [-a] [-e] [-n] [-r] [-s]。

经常使用的参数：

-a 显示所有主机连接和监听的端口号。

-e 显示以太网统计信息。

-n 以数字表格形式显示地址和端口。

-r 显示路由信息。

-s 显示每个协议的使用状态，这些协议主要有 TCP、UDP、ICMP 和 IP。

经常使用 Netstat -an 命令来显示当前主机的网络连接状态，这里可以看到有哪些端口处于打开状态，有哪些远程主机连接到本机。图 1-9 所示为执行 Netstat -an 命令的显示结果。

图1-9　Netstat -an 命令的显示结果

课后练习题

1. 某宿舍有 6 台计算机，都配有网卡，请为它们设计一个接入 Internet 最经济实用的方案。

2. 测试目标主机 202.192.173.38 是否在网上。解析 202.192.173.38 的主机名。

3. 如何配置 IP 地址？

4. Ping 命令有哪些功能？请举例说明。

5. Tracert 命令有哪些功能？请举例说明。

第 2 篇　网上信息浏览与信息检索

前期准备：在 D 盘根目录下建立名为 Internet 的文件夹，用于保存实验结果文件。

实验 1　IE 浏览器的基本设置和操作

实验目的

1．掌握 IE 浏览器的启动及其基本设置方法。
2．掌握浏览网页的基本操作。
3．掌握网页信息的保存方法。

实验内容

1．IE 浏览器的启动及其基本设置方法

（1）启动 IE 浏览器，并熟悉 IE 浏览器的窗口组成。
（2）设置 IE 浏览器的主页（即浏览器启动后，默认打开的起始页面）。
（3）将常用网页地址加入到收藏夹中。
（4）将常用网页地址加入到链接栏中。
（5）删除浏览器相关的浏览历史记录。

2．浏览网页及保存网页信息

（1）将当前浏览的网页完整地保存为 Html 文档。
（2）将当前浏览的网页完整地保存为单个 mht 文件。
（3）将当前浏览的网页保存为文本文档。
（4）将当前浏览的网页的一段文本复制到 Word 文档中。
（5）保存网页中的图片和 Gif 动画。
（6）保存网页背景图片。
（7）保存网页中的 Flash 动画。

操作步骤

1．IE 浏览器的启动及其基本设置方法

（1）选择菜单命令"开始"→"程序"→"Internet Explorer"或者双击桌面上的图标 ，启动 IE 浏览器。

（2）将"腾讯"首页（http://www.qq.com）设置为 IE 浏览器的主页，操作方法如下：

在 IE 浏览器中，选择菜单命令"工具"→"Internet 选项"，弹出"Internet 选项"对话框。单击"常规"选项卡，如图 2-1 所示，在"主页"栏的"地址"框中输入"http://www.qq.com"，单击"确定"按钮完成设置。设置完成后，再启动 IE 浏览器，腾讯网站的首页就会自动显示在窗口中。

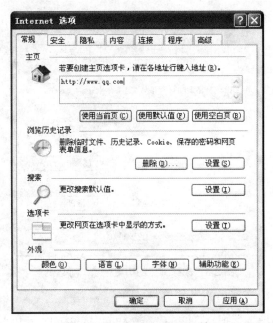

图 2-1 "Internet 选项"对话框

（3）浏览新浪网的主页（http://www.sina.com.cn），在收藏夹中新建名为"新闻"的文件夹，并将此网页地址加入到收藏夹，名为"新浪"，操作方法如下：

① 在 IE 浏览器的地址栏中输入"http://www.sina.com.cn"并按 Enter 键，稍候，在窗口中就会显示新浪网的主页信息。

② 选择菜单命令"收藏夹"→"添加到收藏夹"，弹出"添加收藏"对话框；单击"新建文件夹"按钮新建一个名为"新闻"的文件夹，在"名称"框中输入"新浪"，如图 2-2 所示，单击"添加"按钮完成添加工作。以后要访问该网站，只需选择"收藏夹"菜单→"新闻"文件夹→"新浪"图标即可。

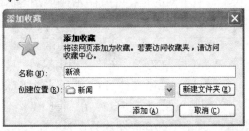

图 2-2 "添加收藏"对话框

（4）浏览网易的主页（http://www.163.com），并将此网页地址加入到链接栏中，操作方法如下：

在 IE 浏览器的地址栏中输入"http://www.163.com"并按 Enter 键，打开网易的主页，采用同（3）②类似的方法将其添加到收藏夹的"链接"文件夹中。也可以将地址栏中网址前的图标 易 直接拖拽到"链接"工具栏的链接 》图标上，以后要访问该网页，只要单击"链接"工具栏的 易 网易 图标即可。

（5）选择菜单命令"工具"→"删除浏览的历史记录"，或采用与（2）相似的方法，在如图 2-1 所示的"Internet 选项"对话框中，单击浏览历史记录栏的"删除"按钮，弹出"删除浏览的历史记录"对话框，如图 2-3 所示，单击相应删除按钮并单击"确认"按钮即可。

图 2-3 "删除浏览的历史记录"对话框

2．浏览网页及保存网页信息

（1）在 IE 浏览器的地址栏输入 "http://www.xinhuanet.com" 并按 Enter 键，进入新华网主页，单击今日头条新闻标题的超连接，打开该新闻的网页，选择 "文件" → "另存为" 命令，弹出 "另存为" 对话框。调整文件保存位置为 D:\internet 文件夹；在 "文件名" 栏输入 tt1；选择 "保存类型" 为 "网页，全部"。最后单击 "确定" 按钮完成页面完整保存。操作完成后，在 D:\internet 文件夹中会看到一个名为 tt1.htm 的文件和一个名为 tt1_files 的文件夹，该文件夹中保存的是网页中除文本之外的其他素材文件。

（2）操作方法同（1）类似，所不同的是在 "另存为" 对话框中 "文件名" 栏输入 tt2；"保存类型" 为 "Web 档案，单个文件"。操作完成后，在 D:\internet 文件夹中会看到一个名为 tt2.mht 的文件。

（3）操作方法同（1）类似，所不同的是在 "另存为" 对话框中 "文件名" 栏输入 tt3；"保存类型" 为 "文本文件"。操作完成后，在 D:\internet 文件夹中会看到一个名为 tt3.txt 的文件。

（4）在上述打开的头条新闻页面的正文第一段上拖动鼠标选中文本，选择菜单命令 "编辑" → "复制"；再新建一个 Word 空白文档，在该文档中执行 "粘贴" 命令，完成复制网页文本到 Word 文档的操作；最后将该文档以文件名 tt4.doc 保存到 D:\internet 文件夹下。

（5）① 在上述打开的头条新闻页面中，将鼠标光标指向（不是单击）该页面中任意一张图片，单击右键，在弹出的快捷菜单中选择 "图片另存为" 命令，将图片以 tu 为主文件名，保存类型为对话框中默认的格式（通常为 JPEG 或 GIF 等），保存到 D:\internet 文件夹下。② 浏览其他网页，找到页面上闪动的小动画，如 new ，一般为 Gif 动画，采用同①的方法，以 dh1 为主文件名，将动画保存到 D:\internet 文件夹下。

（6）在 IE 浏览器的地址栏输入 http://blog.qq.com 并按 Enter 键，进入腾讯博客首页，单击 "博客总排行"，并打开腾讯博客人气总排行榜榜首的博客，右键单击其页面背景，在弹出的快捷菜单中选择 "背景另存为" 命令，将该背景图片以 bg 为主文件名，保存类型默认，保存到 D:\internet 文件夹下。

（7）在 IE 浏览器的地址栏输入 http://www.flash88.net 并按 Enter 键，进入 "Flash 第一站" 网站，选择一首大小为 700KB 左右的 Flash 歌曲并播放。单击菜单 "工具" → "Internet 选项" → "常规" 选项卡，单击浏览历史记录栏的 "设置" 按钮，在弹出的对话框中单击 "查看文件"

按钮，打开 Internet 临时文件夹（Temporary Internet Files）窗口；在该文件夹窗口中复制相应的 Flash 动画文件（*.swf）到 D:\internet 文件夹下，并重命名为 dh2.swf。

说明：由于 Internet 临时文件夹的历史文件很多，为了更快、更准确地找到要保存（复制）的 Flash 动画文件，可在打开 Internet 临时文件夹窗口后，按 Ctrl+A 组合键全选所有文件并删除（目的是删除所有临时下载的历史文件），再分别先后刷新播放 Flash 歌曲的网页（目的是重新下载 Flash 歌曲的动画文件）和 Internet 临时文件夹窗口（目的是显示 Flash 歌曲的动画文件等，以便复制）。

课后练习题

1. 使用 IE 浏览器的查找功能在网页中查询信息。
2. 对于一个超链接，如何可以不打开它而直接保存链接的内容？
3. 怎样设置 IE 只浏览网页的文本文件？
4. 写出使用 IE 浏览器进行网上冲浪的心得，体会使用 IE 浏览器提高上网速度、效率的各种技巧。

实验 2　搜索引擎的使用

前期准备：在 D:\Internet 文件夹下创建一个名为 search.doc 的 Word 文档，用于保存实验结果，首先在该文档第一行写上自己的班级、学号和姓名。

实验目的

1. 了解当前国内外常用的搜索引擎。
2. 掌握常用搜索引擎的使用方法。
3. 掌握指定信息的搜索与保存。

实验内容

1. 访问中文搜索引擎指南网站，了解各类搜索引擎及其目录。
2. 简单考察百度、Google 和 AltaVista 的搜索性能。
3. 使用百度或 Google 搜索引擎搜索关于"网页制作"的 Word 文档，将第一项搜索结果的 URL 填写到 search.doc 文档中。
4. 使用百度或 Google 搜索引擎搜索包含"主题网站"关键字，同时又包含"建设"或"设计"或"制作"关键字的网页信息，实现多关键字搜索操作。
5. 用百度搜索 mp3 格式的音乐"love paradise"，并下载其中大小不超过 1MB 的一首，以文件名"loveparadise.mp3"保存到 D:\internet 文件夹中。
6. 用 Google 搜索一幅中型的 JPG 格式的"玫瑰花"图片，并以 rose.jpg 为文件名保存到 D:\internet 文件夹中。
7. 用搜索引擎搜索一幅小型的蝴蝶 gif 动画，并以 butterfly.gif 为文件名保存到 D:\internet 文件夹中。

8. 用搜索引擎搜索软件 WinRAR 简体中文最新版，并下载到 D:\internet 文件夹中。

9. 用 Google 的地图搜索功能搜索北京市地图，并搜索"天坛公园"到"国家体育场（鸟巢）"的公交（地铁）换乘路线和自驾车行车路线，将找到的地图和路线的文字说明填入 search.doc 文档中。

操作步骤

1. 启动浏览器，并访问"中文搜索引擎指南"（网址为 http://www.sowang.com），浏览相关网页。

2. 分别以"花"和"flower"为关键字到百度（网址为 http://www.baidu.com）、Google（网址为 http://www.google.com）及 AltaVista（网址为 http://www.altavista.com）搜索引擎进行相关网页和图片的搜索，比较它们的查询结果项数及搜索用时，并且通过每个搜索引擎的"帮助"文件，区分其特点、使用方法和技巧，将上述信息用简短的文字写到 search.doc 文档中。

3. 在 IE 浏览器中打开搜索引擎网站，在搜索关键字框中输入：网页制作 filetype:doc，并按 Enter 键，在显示的搜索结果页中，右键单击第一项，在弹出的菜单中，选择"复制快捷方式"命令，然后再到 D:\internet\search.doc 文档中粘贴即可。

4. 选择下面（1）或（2）进行操作。

（1）在 IE 浏览器中打开 Google 搜索引擎网站，单击超链接"高级"，打开"高级搜索"网页，如图 2-4 所示填写相关内容，最后单击"Google 搜索"按钮即可显示出搜索结果；也可以打开 Google 搜索引擎网站后，在其搜索关键字框中输入"建设 OR 设计 OR 制作'主题网站'"，再单击"Google 搜索"按钮实现多关键字的搜索，将得到的搜索结果数和搜索用时填入 search.doc 文档中。

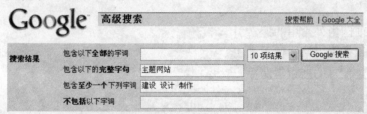

图 2-4　Google 高级搜索

（2）在 IE 浏览器中打开百度搜索引擎网站，单击超链接"高级"，打开"高级搜索"网页，如图 2-5 所示填写相关内容，最后单击"百度一下"按钮即可显示出搜索结果；也可以打开百度搜索引擎网站后，在其搜索关键字框中输入"'主题网站'（建设|设计|制作）"，再单击"百度一下"按钮实现多关键字的搜索，将得到的搜索结果数和搜索用时填入 search.doc 文档中。

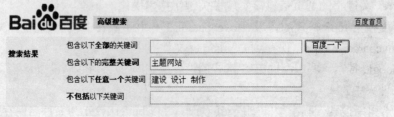

图 2-5　百度高级搜索

5．在 IE 浏览器中打开百度搜索引擎网站，单击超链接"MP3"，在搜索关键字框中输入"love paradise"并选中框下方的 mp3 单选框，再单击"百度一下"按钮，页面即可显示出搜索结果，单击其中大小不超过 1MB 的一首歌曲名称，在弹出的页面中，鼠标右键单击该歌曲来源的超链接，在弹出的快捷菜单中选择"目标另存为"命令，将音乐文件以文件名"loveparadise.mp3"保存到 D:\internet 文件夹中。

6．打开 Google 搜索引擎主页，单击"图片"超链接，再单击"高级超链接"，输入关键字"玫瑰花"，指定图片格式为 JPG、中型，最后单击"Google 搜索"按钮，将分页列出所有符合要求的图片缩略图，在自己需要的图片上单击鼠标左键，直到看到大图片，在大图片上单击鼠标右键，选择"图片另存为"命令，以 rose.jpg 为文件名保存在 D:\internet 文件夹中。

7．操作方法同步骤 6 类似，不同的是关键字为"蝴蝶 gif 动画"，指定图片格式为 GIF、小型，以 butterfly.gif 为文件名保存在 D:\internet 文件夹中；此处是以图片的形式进行搜索，可尝试以网页的形式进行搜索（一般以这种方式搜索 Flash 动画）。

8．打开搜索引擎主页，在搜索关键字框中输入关键字"WinRAR 简体中文最新版下载"进行搜索，单击相关的下载地址即可下载该软件。

9．打开 Google 搜索引擎，单击"地图"，输入关键字"北京市"，单击"搜索地图"按钮；单击"路线指南"，在Ⓐ框中输入"天坛公园"，在Ⓑ框中输入"国家体育场（鸟巢）"，选择"乘公共交通工具"或"驾车"，最后，单击"公交/驾车"按钮。

课后练习题

1．如何扩大或缩小检索范围？

2．利用搜索引擎搜索自己感兴趣的其他信息，如手机号、区号、IP 号归属地，邮编等。

3．根据你的实践体会，试分析比较百度、Google 和 AltaVista 3 个搜索引擎的主要功能、特点及使用技巧。

4．利用期刊网搜索专业学术论文。

第 3 篇　文件传输、远程登录与电子邮件

说明：本篇实验结果保存在 D:\Internet 文件夹中。

实验 1　文件传输与远程登录

实验目的

1. 了解和掌握访问 FTP 服务器的多种操作方法。
2. 掌握利用 FTP 客户端软件进行文件传输和管理的操作方法。
3. 掌握通过远程登录和 Web 方式访问 BBS 的方法。

实验内容

1. 利用多种方式匿名访问 FTP 服务器并下载文件

（1）使用 FTP 字符命令登录 CuteFTP 服务器（地址为 ftp.cuteftp.com），并下载 pub\cuteftp 文件夹下的 index.txt 文件到 D:\Internet 文件夹下，命名为 ftp.txt。

（2）使用资源管理器或浏览器登录（1）中的 FTP 服务器，并将其 Update 文件夹下载（复制）到 D:\Internet 文件夹下。

（3）使用 FTP 客户端软件登录（1）中的 FTP 服务器，并将其 pub\cuteftp\chinese 文件夹下的 cuteftpZH.exe 文件下载到 D:\Internet 文件夹下，文件名不变。

2. 使用 FTP 客户端软件 CuteFTP 进行文件传输和文件管理

（1）在打开的 CuteFTP 客户端软件中，用申请获得的账号（用户名和密码）登录到自己的空间，并以"我的空间"为名建立站点，在根目录下建立文件夹 test。

（2）将本地计算机"我的文档"文件夹中任意一个文件上传到账号根目录中，并为该文件更名为 test1，扩展名不变。

（3）将（2）中的 test1 文件移动到 test 文件夹下。

（4）检查自己空间中所有文件占用的总存储容量，关闭 CuteFTP。

3. 通过远程登录和 Web 方式访问 BBS

（1）用远程登录（telnet）方式登录 bbs.zsu.edu.cn，以 guest 身份浏览论坛中的最新文章。

（2）在浏览器中访问 http://bbs.zsu.edu.cn，以游客身份浏览论坛中的最新文章，并与（1）的操作进行比较。

（3）访问自己喜欢的论坛（应事先注册），并发送帖子和回复帖子。

操作步骤

1. 利用多种方式匿名访问 FTP 服务器并下载文件

（1）单击菜单命令"开始"→"运行"，在对话框中输入 FTP，运行该命令进入字符方

式的 FTP 命令操作界面；在命令提示符"ftp>"下，输入 open ftp.cuteftp.com 命令并按 Enter 键，连接到 CuteFTP 服务器，接着输入匿名用户名 anonymous 和密码@，成功登录后，出现如图 3-1 所示界面。

图 3-1 FTP 命令操作界面

继续下面的操作：

① 输入命令 get pub\cuteftp\index.txt   d:\internet\ftp.txt 并按 Enter 键，完成文件下载；

② 输入 close 命令并按 Enter 键，终止与 FTP 服务器的连接；

③ 输入 quit 命令并按 Enter 键，关闭 FTP 命令操作界面（窗口）。

（2）启动资源管理器或 IE 浏览器，在地址栏输入 ftp://ftp.cuteftp.com 并按 Enter 键，余下的操作与资源管理器的文件管理操作相同或相似（即"复制"操作）。

提示：匿名访问不需要登录，登录注册用户可选择菜单命令"文件"→"登录"，在弹出的对话框中，输入用户名和密码，完成登录；选择浏览器菜单命令"查看"→"在 Windows 浏览器中打开 FTP"，可转换操作窗口为资源管理器窗口。

（3）启动 CuteFTP 客户端软件，如果窗口是专业界面，可选择菜单命令"查看"→"切换到经典界面"，将界面切换到如图 3-2 所示的经典界面。

图 3-2 CuteFTP 经典界面

① 单击工具栏上的"快速连接"工具 或选择菜单命令"文件"→"连接"→"快速连接"，将在工具栏下显示"快速连接"工具栏，如图 3-3 所示，在该处输入 FTP 服务器地址（即 ftp.cuteftp.com）、用户名、密码（匿名访问可不用输入用户名和密码），按 Enter 键或单击连接工具 后开始连接，当主窗口的右窗格显示账号根目录信息后，表示连接成功（可在连接信息栏观察相关信息）。

② 调整左窗格本地计算机磁盘的当前目录为 D:\internet，调整右窗格远程服务器的当前目录为 pub\cuteftp\chinese，再双击 cuteftpZH.exe 文件即可将其下载到本地。

2. 使用 FTP 客户端软件 CuteFTP 进行文件传输和文件管理

（1）在打开的 CuteFTP 客户端软件的 "快速连接" 工具栏中，用经过申请获得的账号（包括主机 IP 或域名、用户名和密码）登录到自己的空间；单击 "快速连接" 工具栏右端的 "添加到站点管理器" 工具 ，在新项目的名称框中输入 "我的空间"，单击 "确定" 按钮，即可创建站点，以后可在站点管理器中直接单击该站点就可以连接了；在右窗格空白处单击右键，弹出快捷菜单，选择 "新建文件夹"，在弹出的 "新建文件夹" 对话框中输入 test，单击 "确定" 按钮后，就创建了名为 test 的文件夹。

（2）调整左窗格本地计算机磁盘的当前目录为 "我的文档" 文件夹，右窗格远程服务器的当前目录保持为根目录，在左窗格双击任意一个文件或拖拽到右窗格或在文件名上单击鼠标右键，选择 "上传"，均可上传该文件；在右窗格中刚上传的文件上单击鼠标右键，从弹出的快捷菜单中选 "重命名"，完成改名操作。

（3）在右窗格中要移动的文件上单击鼠标右键，从弹出的快捷菜单中选择 "移动到"，在 "移动到" 对话框中输入 "/test"，单击 "确定" 按钮完成移动，也可直接拖拽文件到 test 文件夹。

（4）在右窗格空白处单击鼠标右键，选择 "属性"，可查看文件夹的属性；用同样的方法单击某一文件夹，可查看该文件夹的属性（包括存储容量）。

3. 通过远程登录和 Web 方式访问 BBS

（1）单击菜单命令 "开始" → "运行"，在对话框中输入 telnet bbs.zsu.edu.cn 命令。

（2）启动浏览器，在地址栏输入 http://bbs.zsu.edu.cn 并按 Enter 键。

（3）在浏览器地址栏输入论坛网址，如 http://bbs.leobbs.com 并按 Enter 键，按要求先注册，再登录发送帖子或回复帖子。

建议：访问腾讯论坛（http://bbs.qq.com），用自己的 QQ 号登录就可以发帖了，如果有新浪或网易通行证（只要有邮箱，注册就行），则可用通行证登录新浪论坛（http://bbs.sina.com.cn）或网易论坛（http://bbs.163.com）即可发帖。

课后练习题

1. 如何在上传、下载之前了解文件的大小？

2. 在上传、下载过程中，如果想断开连接，应如何操作？

3. 在 Internet 上申请免费个人主页空间，并查看关于 FTP 上传的说明，确定 FTP 服务器地址、用户名和密码等信息，将你的网站上传到服务器，并体验通过网络访问自己的网站。

实验 2   收发电子邮件

实验目的

1. 熟悉 Internet 免费或收费邮箱（WebMail）的申请过程及其收发邮件的方法。

2. 掌握在 Outlook Express 中配置邮箱账户的操作方法。

3. 掌握使用 Outlook Express 收发邮件的操作方法。

实验内容

1. 在 Internet 上申请免费或收费邮箱（已具备此类邮箱的同学可免做该项实验内容）。

2. 使用经过成功申请获取的邮箱进行邮件收发操作，并了解和记录该邮箱账户在 Outlook Express 中的配置方法及配置所需信息。

3. 在 Outlook Express 中配置自己的邮箱账户。

4. 使用 Outlook Express 收发邮件。

操作步骤

1. 在 Internet 上申请免费或收费邮箱

启动浏览器，访问下列网站之一：

http://www.126.com

http://www.163.com

http://www.263.net

http://www.21cn.com

http://www.sohu.com

http://www.sina.com.cn

进入申请注册电子邮件的页面，一般地，单击"注册"按钮，即可开始申请，逐一填写相关信息。首先要求输入一个用户名，并对用户名是否可用进行检查，如果在申请过程中出现"你输入的账号已经被占用了"的信息，表明你输入的用户名已经被人所用，只能换一个名字重新申请。

注册成功后，要记住自己邮箱账户的地址、用户名和密码。

2. 使用经过成功申请获取的邮箱进行邮件收发操作，并了解和记录该邮箱账户在 Outlook Express 中的配置方法及配置所需信息

（1）在浏览器中访问相关邮箱登录页面，用自己的用户名和密码登录到邮箱，给自己写一封信（即收件人为自己的邮箱地址），发送成功后，单击"收件箱"接收邮件。

（2）在浏览器中访问自己的邮箱登录页，打开"帮助"页，在该页中查找关于 Outlook Express 的配置方法和配置信息（POP3 服务器域名、SMTP 服务器域名、用户名、密码、电子信箱地址等），并记录下来。现在所使用的电子邮箱，大多采用 POP3 与 SMTP 服务器，常见的邮箱协议及服务器域名如表 3-1 所示。

表 3-1　常用邮件服务协议及服务器域名

电子邮件服务提供商	POP3	SMTP
126	pop.126.com	smtp.126.com
163	pop.163.com	smtp.163.com
163（yeah 邮箱）	pop.yeah.com	smtp.yeah.com
263	263.net	smtp.263.net
21cn	pop.21cn.com	smtp.21cn.com
sina	pop3.sina.com.cn	smtp.sina.com.cn
sohu	pop3.sohu.com	smtp.sohu.com

3．在 Outlook Express 中配置自己的邮箱账户

假设申请获取的邮箱为 username@126.com（即为126邮箱，用户名为username），在Outlook Express 中配置此邮箱的操作方法如下：

（1）单击菜单命令"开始"→"程序"→"Outlook Express"，启动该应用程序。

（2）单击菜单命令"工具"→"账户"，在弹出的"Internet账户"对话框中单击"邮件"选项卡，单击右侧的"添加"按钮，如图3-4所示，在弹出的菜单中选择"邮件"，弹出"Internet 连接向导"对话框。

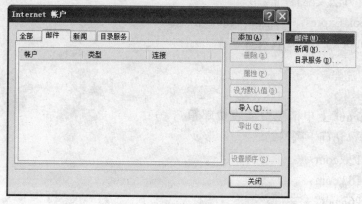

图 3-4　"Internet 账户"对话框

（3）如图 3-5 所示，根据提示，输入"显示名"（该显示姓名将在发信时显示在"发信人"中，即相当于发信人的"签名"，可以是你自己的名字），然后单击"下一步"按钮。

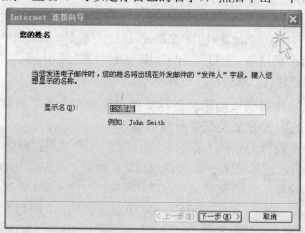

图 3-5　"Internet 连接向导"对话框之一

（4）如图 3-6 所示，输入申请获取的邮箱地址（username@126.com），然后单击"下一步"按钮。

（5）将操作步骤 2（2）中记录的或表 3-1 给出的相应 POP 服务器和 SMTP 服务器域名，分别输入到接收邮件和发送邮件服务器栏中，如图 3-7 所示，即在"接收邮件服务器"栏输入 pop.126.com；在"发送邮件服务器"栏输入 smtp.126.com，再单击"下一步"按钮。

（6）如图 3-8 所示，在"账户名"和"密码"栏输入用户名 username 及密码，再单击"下一步"按钮。

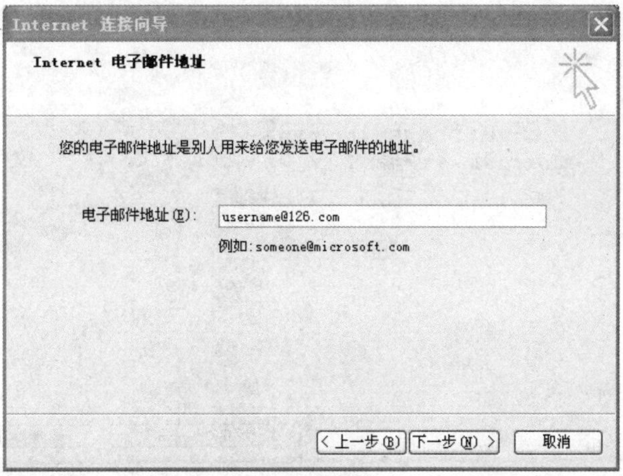

图 3-6 "Internet 连接向导"对话框之二

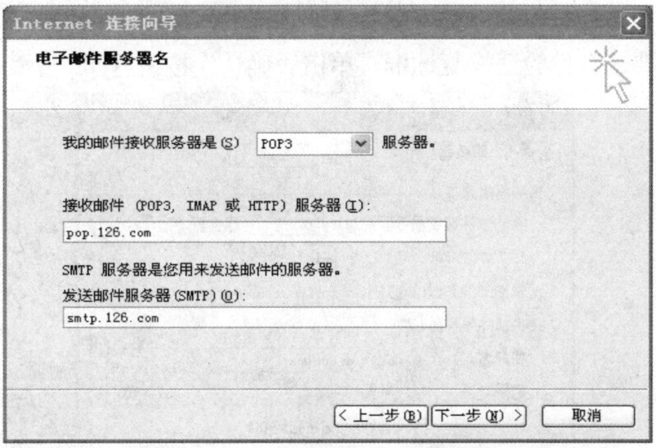

图 3-7 "Internet 连接向导"对话框之三

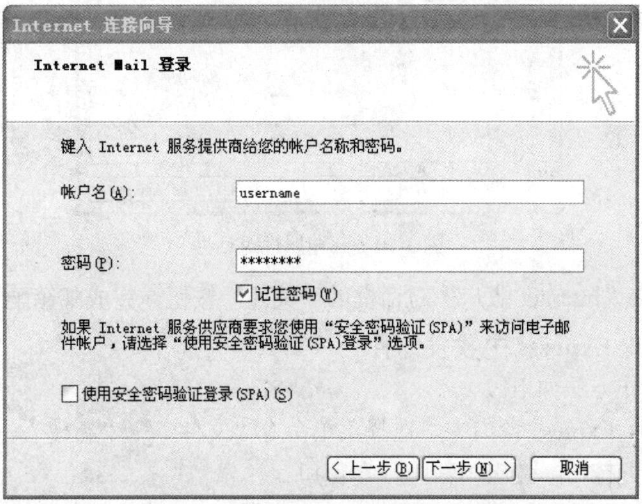

图 3-8 "Internet 连接向导"对话框之四

（7）如图 3-9 所示，单击"完成"按钮回到"Internet 账户"对话框。

（8）在"Internet 账户"对话框中选中刚添加的账户，单击"属性"按钮，打开"pop.126.com
属性"对话框。

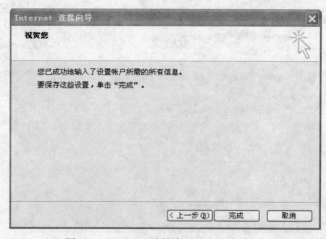

图 3-9　"Internet 连接向导"对话框之五

（9）在属性设置对话框中，选择"服务器"选项卡，如图 3-10 所示，检查各项参数，并勾选"我的服务器要求身份验证"复选框，单击"确认"按钮返回。

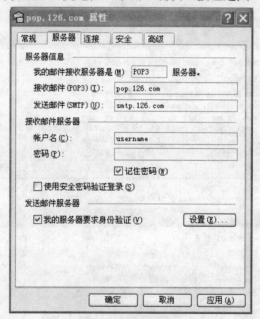

图 3-10　邮箱属性对话框

（10）最后单击"Internet 账户"对话框的"关闭"按钮，完成邮箱配置的所有操作。

4．在 Outlook Express 中收发邮件

发送邮件的操作方法如下：

（1）在 Outlook Express 窗口中，选择菜单命令"文件"→"新建"→"邮件"或单击工具栏上"创建邮件"按钮，弹出"新邮件"窗口。

（2）在"新邮件"窗口中，输入以下收件人、主题、正文内容等各项信息，如图 3-11 所示。

收件人：你自己的邮箱（如 username@126.com）

抄送：同学的邮箱

主题：问候

附件：D:\internet\rose.gif

内容：祝您身体健康！

其中，添加附件时，可单击菜单命令"插入"→"文件附件"或工具栏上"附件"按钮，选择相关文件作为附件。

图 3-11　写邮件窗口

提示：可选择菜单命令"插入"→"图片"或单击"插入图片"工具按钮，在弹出的"图片"对话框中单击"浏览"，选择相关图片文件插入到正文内容中；还可以通过"复制－粘贴"的办法将所需的图片或文本复制到邮件的正文内容中。

（3）选择菜单命令"文件"→"发送邮件"或单击工具栏上"发送"按钮发送邮件。

接收和回复邮件的操作方法如下：

（1）在 Outlook Express 窗口中，单击工具栏上的"发送/接收"按钮，接收全部新邮件，如图 3-12 所示，在"文件夹"栏选中"收件箱"，并在邮件列表中选中相应邮件，即可阅读该邮件，单击 按钮，可以保存附件。

图 3-12　接收邮件窗口

（2）在图 3-12 所示"收件箱"窗口中，单击工具栏的"答复发件人"按钮，打开回复邮件窗口，如图 3-13 所示；在正文处输入"谢谢！"，单击工具栏上"发送"按钮，发送邮件。

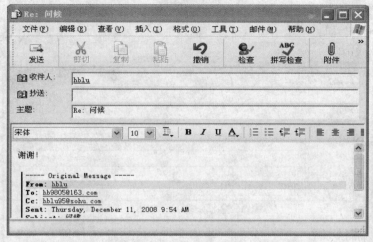

图3-13　回复邮件窗口

课后练习题

1．对自己的邮箱进行个性化设置。

2．如何转发信件？

3．总结在 Outlook Express 中设置邮箱账户的操作过程，哪一步操作最关键。

4．基于 Web 的邮箱（WebMail）和 Outlook Express 邮箱都可以收发邮件，但它们在功能上有许多不同，试举例说明。

实验 3　其他下载软件的使用

实验目的

1．了解 http、FTP、BT 等多种文件传输协议。

2．掌握迅雷、网际快车下载工具的基本设置和操作方法。

3．掌握 BitComet（比特彗星）工具的 BT 下载和上传操作方法。

实验内容

1．利用迅雷下载工具进行多种方式的下载操作

（1）监视浏览器并单击超链接下载目标文件。

（2）监视浏览器并单击下载图标下载动画或流媒体文件。

（3）右键单击资源并在弹出的快捷菜单中选择"使用迅雷下载"。

（4）拖动超链接到悬浮窗进行下载。

（5）新建下载任务并直接输入 URL 进行下载。

（6）添加成批任务进行批量下载。

（7）BT 下载。

2．利用网际快车（FlashGet）进行下载

使用网际快车一次性下载多个 URL 目标资源。

3．利用 BitComet（比特彗星）工具进行 BT 下载

（1）利用 BitComet 工具并通过种子文件进行 BT 下载。

（2）利用 BitComet 工具制作种子文件。

操作步骤

1．利用迅雷下载工具进行多种方式的下载操作

（1）监视浏览器并单击超链接下载目标文件。

① 在迅雷主界面中，选择菜单命令"工具"→"配置"或直接单击工具栏上的"配置"按钮，弹出"配置"对话框，选择"类别/目录"选项卡，设置类别名称为"已下载"，默认目录为 D:\Internet，此目录为迅雷下载资源后的文件保存目录，如图 3-14 所示；再选择"监视"选项卡，分别勾选"监视浏览器"和"在 Flash 和流媒体文件上显示下载图标"复选框，在"监视文件类型"框中还可以添加其他文件类型，如.doc，此后迅雷就可以监视网页中超链接的目标资源，如果是所列举的各类文件和流媒体文件，单击即可下载，如图 3-15 所示。

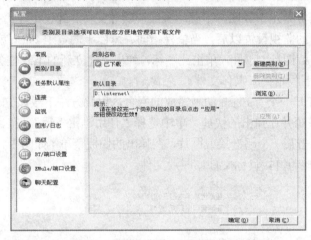

图 3-14　下载资源保存目录设置的对话框

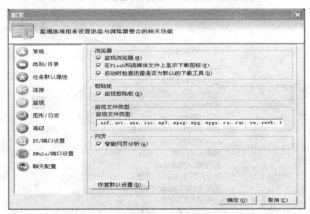

图 3-15　"监视"设置的对话框

② 在网上下载"最新版本迅雷"的操作方法如下：在"天空软件"（http://www.skycn.com）、"绿色软件联盟"（http://www.xdowns.com/）或其他下载网站上找到最新版本迅雷的下载地址，单击该地址，弹出"建立新的下载任务"对话框，如图 3-16 所示，单击"确定"按钮，开始

下载。下载过程中会在下载界面任务列表区中显示一些状态，表示下载任务正在进行或下载任务成功完成等执行情况。

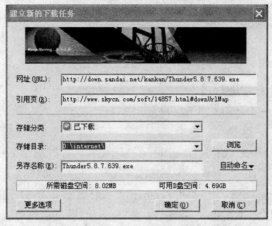

图 3-16 "建立新的下载任务"对话框

（2）监视浏览器并单击下载图标下载动画或流媒体文件。经过上述"在 Flash 和流媒体文件上显示下载图标"的监视设置以后，当鼠标指向并悬停于网页中 Flash 或其他流媒体播放画面时，会显示迅雷下载图标，单击此图标，弹出"建立新的下载任务"对话框，再单击"确定"按钮，即可下载相关流媒体文件。

启动浏览器，打开一个有 Flash 动画播放的网页，用此方法下载该 Flash 动画文件。

（3）右键单击资源并在弹出的快捷菜单中选择"使用迅雷下载"。在当前浏览器窗口所显示的网页中，右键单击某一个超链接或图片，在弹出的快捷菜单（如图 3-17 所示）中选择"使用迅雷下载"，下载该超链接目标文件或图片文件。

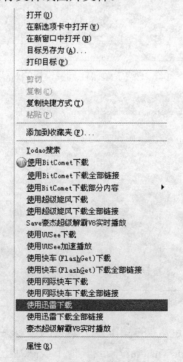

图 3-17 右键单击弹出快捷菜单

提示：如果选择"使用迅雷下载全部链接"，则可以有选择地下载部分或全部与该网页连接的各类文件。

（4）拖动超链接到悬浮窗进行下载。在当前网页中，鼠标拖动任意一个超链接到迅雷的悬浮窗中，即可下载该超链接的目标文件，如图 3-18 所示。

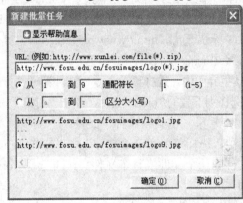

图 3-18　迅雷下载悬浮窗

（5）新建下载任务并直接输入 URL 进行下载。在迅雷主界面中，选择菜单命令"文件"→"新建下载任务"或者单击工具栏上的"新建"按钮，打开"建立新的下载任务"对话框。在网址（URL）文本框中输入想要下载文件的 URL，如 http://www.baidu.com/img/baidu_logo.gif，最后单击"确定"按钮，就可下载目标文件，此处下载的是百度的 Logo 图片。

（6）添加批量任务进行批量下载。在迅雷主界面中，选择菜单命令"文件"→"新建批量任务"，弹出"新建批量任务"对话框，在 URL 文本框中输入任何一个带有通配符的文件的 URL，然后单击"确定"按钮，就可以下载通配符所表示的一批文件。此处输入 http://www.fosu.edu.cn/fosuimages/logo(*).jpg，指定通配符从 1～9，通配符长为 1，可下载 http://www.fosu.edu.cn/fosuimages/下的 logo1.jpg～logo9.jpg 一批图像文件，如图 3-19 所示。

图 3-19　"新建批量任务"对话框

（7）BT 下载。

① 打开一个下载站点或登录相关论坛，如 Btchina（http://www.btchina.net/）、天天 BT 下载（http://www.ttbt.cn/）或 BT 无忧无虑（http://www.bt5156.com/）等，找到自己需要下载的资源，并下载相应的种子文件（.Torrnet 文件）。

② 在迅雷主界面中，选择菜单命令"文件"→"打开种子文件"，找到并选择刚下载的.Torrnet 文件，单击"确定"按钮打开。

2．利用网际快车（FlashGet）进行下载

网际快车（FlashGet）的使用方法与迅雷基本相同，上述操作中，除了步骤 1 中的（2）以外，其他的操作均可使用网际快车完成。下面只介绍使用网际快车一次性下载多个 URL 目标资源的操作方法。

启动网际快车，在其主界面中，选择菜单命令"文件"→"新建下载任务"或者单击工具栏上的"新建"按钮，打开"添加下载任务"对话框，在"请添加（多个）地址"下，分别添加要下载的多个资源的 URL，最后单击"确定"按钮，即可下载一批相关的目标文件了，如图 3-20 所示。

图 3-20 "添加下载任务"对话框

3．利用 BitComet（比特彗星）工具进行 BT 下载

（1）利用 BitComet（比特彗星）工具并通过种子文件进行 BT 下载。

① 打开一个下载站点或登录相关论坛，如 Btchina（http://www.btchina.net/）、天天 BT 下载（http://www.ttbt.cn/）或 BT 无忧无虑（http://www.bt5156.com/）等，找到自己需要下载的资源，并下载相应的种子文件（.Torrnet 文件）。

② 启动 BitComet，在其主界面中，选择菜单命令"文件"→"打开 Torrnet 义件"或工具栏上的"打开"按钮，找到并选择刚下载的.Torrnet 文件，单击"打开"→"立即下载"按钮。

（2）利用 BitComet（比特彗星）工具制作种子文件。

① 在 BitComet 主界面中，选择菜单命令"文件"→"制作 Torrnet 文件"，找到并选择本地磁盘上需要制作为种子文件的一个文件或整个文件夹，再选择 Torrnet 文件存放位置并输入文件名，单击"制作"按钮。

② 将种子文件按要求上传到相关网站或论坛。

课后练习题

1．如何设置迅雷为默认下载工具？进一步熟悉迅雷的各项设置与管理功能。

2．BT 能否断点续传？

3．试分析比较迅雷、网际快车、BitComet（比特彗星）、超级旋风、电驴（eMule）等下载工具的功能特点、支持协议、传输速率等。

第 4 篇　HTML 和 CSS

说明：本篇实验中所用的素材均放在 C:\intdmt\htmcss 文件夹中，实验结果保存在 D:\htmstyle 文件夹中。

实验 1　HTML 语言应用

实验目的

1. 掌握 HTML 的语法规范，掌握常用的 HTML 语言标记。
2. 学会使用 HTML 语言标记制作简单网页。
3. 学会将其他格式的文档转换成 HTML 格式的文档。

实验内容

1. 使用记事本建立一个具有基本结构标记的 HTML 文件，然后以 webhtml.htm 文件名保存，效果如图 4-1 所示。

图 4-1　HTML 语言应用样张

2. 修改 HTML 文件，实现图片、文字移动，播放音乐，插入链接和当前日期等效果。
3. 在 FrontPage 2003 的代码视图中修改 HTML 代码，以实现网页的某种效果。

操作步骤

1. 准备工作：在 D 盘建立 htmstyle 文件夹，在 htmstyle 中创建子文件夹 material，将

C:\intdmt\htmcss\htm 中的全部素材复制到 D:\htmstyle\material 文件夹中。

2．使用记事本创建和修改 HTML 文件。

（1）使用记事本创建 HTML 文件，输入代码实现添加文字、水平线，设置网页标题和网页背景的效果。

启动"记事本"程序，输入以下内容：

```
<html>
<head>
<title>Welcome to My Webpage</title>
</head>
<BODY background="Material/back2.gif">
<H1 align=center><font color=maroon>欢迎访问我的个人网站！</font></H1>
<HR color=red size="4">
</body>
</html>
```

完成后以 webhtml.htm 文件名保存到 D:\htmstyle 文件夹中（注意在保存时一定要连文件的扩展名一起输入到文件名中），用 IE 浏览器观看效果，如有偏差用"记事本"打开修改。

（2）通过修改 HTML，实现图片和文字的移动。用"记事本"打开"webhtml.htm"文件，加入以下代码（在倒数第二行</body>前加入即可）：

```
<p align="center">
<img src="Material/meay.jpg" width="400" height="265" align="middle"></p>
<p align="center">
    <marquee TRUESPEED="9" scrolldelay="80" behavior="alternate">请欣赏奥运主题歌
《我和你》</marquee></p>
```

保存后用 IE 浏览器观看效果。

（3）通过修改 HTML，增加播放器并播放音乐（播放器代码可在网上搜索得到）。用"记事本"打开"webhtml.htm"文件，加入以下代码（同样在倒数第二行</body>前加入即可）：

```
<p align=center><embed src="Material/youam.mp3"autostart="true" loop="true" width="200"
height="50" >
```

保存后用 IE 浏览器观看效果。

（4）修改 HTML，插入链接和当前日期。同样用"记事本"打开"webhtml.htm"文件，加入以下代码（在倒数第二行</body>前加入即可）：

```
<P align=center>制作:<A href="http://202.192.163.58/" target=_blank> 信息中心</A><BR>
<P align=center>
<script type="text/javascript">
var myDate = new Date();
document.write(myDate.toLocaleString())
</script>
```

保存后用 IE 浏览器观看效果。

3．在 FrontPage 2003 的代码视图中修改网页。

（1）启动 FrontPage 2003，打开 D:\htmstyle\webhtm.htm。

（2）分别在"设计"和"代码"视图方式查看文件。在"设计"视图方式下可以看见该文件的基本效果；选择"代码"视图方式，即可看到该文件的 HTML 源代码，并可以在其中进行修改。

（3）在代码视图中，把"信息中心"改为你自己的名字；寻找你喜欢的图片和歌曲替代原来的内容。

实验 2 使用层叠样式表单（CSS）技术设置网页格式

实验目的

1. 了解 CSS 样式的基本格式。
2. 了解 CSS 样式的定义方法。

实验内容

1. 使用内部样式表单设置网页格式。
2. 使用外部样式表单设置网页格式。

操作步骤

先将 C:\intdmt\htmcss\css 中的全部文件复制到 D:\htmstyle 文件夹中。

1. 使用内部样式表设置网页格式

内部样式表是直接将 CSS 文档写到 HTML 的文档中，它也有两种方式：一种是把 CSS 文档放在<head>与</head>之间，另一种是把 CSS 文档放在<body>与</body>之间。

（1）新建一个文本文件，向其中输入以下内容（<!-- …… -->是注释内容，不必输入），完成后以文件名 style.htm 保存在 htmstyle 文件夹中。

<html>

<head>

<style type="text/css"> <!--CSS 样式定义开始-->

body {background-image: url('02.jpg');} <!--设置"02.jpg"为背景图片-->

h1 {background-color: #00ff00;font-family: 华文行楷} <!--定义一级标题的背景颜色、字体-->

h2 {background-color: transparent;font-family:times; font-style:italic} <!--定义二级标题的背景颜色、字体、倾斜-->

p {font-size:28;font-style:bold; color:red;text-align: center} <!--定义正文的字号、加粗、颜色、对齐方式-->

p.sty1{background-color: gray; padding: 30px} <!--给正文添加灰色底纹、设置底纹的填充范围，并设置为样式 sty1-->

h1.sty2{text-align:center; width:200;filter:blur(add=true, direction=35, strengh=20)} <!--定义 h1 的对齐方式，滤镜参数-->

</style> <!--CSS 样式定义结束-->

</head>

```
<body>
<h1 align="left">这是一级标题</h1> <!--该文本用 h1 样式-->
<h2>这是二级标题</h2> <!--该文本用 h2 样式-->
<p>这是正文</p> <!--该文本用正文样式-->
<p class="sty1">Internet 与多媒体应用</p> <!--该文本用正文和 sty1 的样式-->
<h1 class="sty2">登黄鹤楼 </h1> <!--该文本用 h1 和 sty2 的样式-->
<p style=font-family:宋体;font-size:18;font-style:bold;color:black;>白日依山尽，黄河入海流。
欲穷千里目，更上一层楼。</p> <!--把 CSS 文档直接放在<body>与</body>之间定义该文本的
字体、字号、加粗和颜色-->

</body>
</html>
```

（2）双击打开 style.htm，观看通过 CSS 实现的网页效果，如图 4-2 所示。

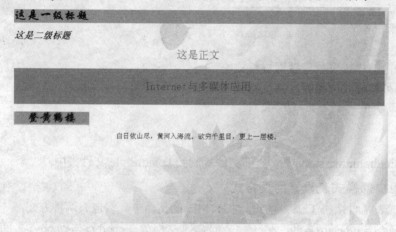

图 4-2　使用内部样式表设置网页格式的页面

2．使用外部样式表设置网页格式

当样式需要应用于多个页面时，外部样式表将是理想的选择。在使用外部样式表的情况下，可以通过改变一个文件来改变整个站点的外观。每个页面使用<link>标签链接到样式表。<link>标签在（文档的）头部。

```
<head>
<link rel="stylesheet" type="text/css" href="style.css" />
</head>
```
浏览器会从文件 style.css 中读到样式声明，并根据它来格式文档。

外部样式表可以在任何文本编辑器中进行编辑。文件不能包含任何的 html 标签。样式表应该以.css 扩展名进行保存。

（1）新建一文本文件，向其中输入以下内容，完成后以 style.css 保存在 D:\htmstyle 文件夹中。

body{background-image:url("images/03.jpg");text-align:center;}<!--用图片作为网页的背景，并设置对齐方式为居中-->

p{color:blue;font-family:Arial, Verdana, Sans-serif;font-size:16;text-align:center;}<!--定义文本的颜色、字体、字号大小、对齐方式-->

a:link{color:red}<!--定义未访问链接的属性-->

a:visited{color:yellow}<!--定义访问过的链接属性-->

a:active{color:white}<!--定义链接鼠标点击与释放之间时的属性-->

注意不要在属性值与单位之间留有空格。

（2）启动 Frontpage 程序，打开网页文件 styleA.htm 和 styleC.htm，转换到"代码"视图下，在<head>与</head>之间输入<link rel="stylesheet" type="text/css" href="style.css" />，style.css 是 css 文档的文件名。保存后观看链接外部样式表后的网页格式的变化，如图 4-3 和图 4-4 所示。

图 4-3　styleA.htm 链接外部样式后的页面

图 4-4　styleC.htm 链接外部样式后的页面

（3）打开 styleB.htm 文件，将该网页文件同样链接外部样式文件 style.css，（同样在<head>与</head>之间输入<link rel="stylesheet" type="text/css" href="style.css" />），观察网页变化。然后再将外部链接样式文件改为"style2.css"，再观察网页的格式，如图 4-5 所示。

图 4-5　链接不同的外部样式文档的页面外观

（4）改变 style.css 文档中字体的颜色（color:blue：将蓝色改为别的颜色），再观察页面的变化。

由此可以看到链接外部样式表的好处，它不但可以控制多个页面的显示外观，还可以做到在外部样式表作一次修改即可使所有和该样式表有链接的页面样式一起改变。

课后练习题

1. 使用 CSS，控制两个页面中的超链接显示的字体为"隶书，蓝色，无下划线"。
2. 使用 CSS，控制页面中的标题字体均为黑体，小四号。

第 5 篇 用 FrontPage 2003 制作网页

说明：本篇实验中所用的素材均放在 C:\intdmt\FrontPage 文件夹中。

实验 1 建立新网站与编辑新网页

实验目的

1. 熟悉 FrontPage 2003 的窗口组成。
2. 掌握利用 FrontPage 2003 建立新网站的方法。
3. 掌握 FrontPage 2003 中基于空白网页建立文档的方法。
4. 掌握网页文本的基本编辑方法。
5. 掌握网页属性的设置。
6. 熟悉网页编辑中 3 种工作环境的意义。
7. 掌握使用浏览器预览网页的技巧。

实验内容

启动 FrontPage 2003，建立一个网站，编辑一个新页面，参照图 5-1 所示样张输入文字内容，并进行编辑，完成后以 webpage1.htm 为文件名，保存在 D:\myweb\pages 文件夹中。

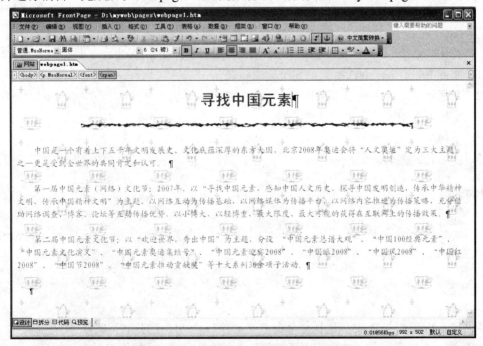

图 5-1 利用空白网页建立一新网页样张

操作步骤

1．在 D 盘创建名为 myweb 的文件夹，在 myweb 文件夹下建立 images 和 page 文件夹，把相关素材复制到 images 文件夹中。此后产生的文件都放在 D:\myweb 文件夹中。

2．启动 FrontPage 2003，选择菜单命令"文件"→"打开网站"，选择"D:\myweb"打开（注意：这里是把文件夹"myweb"作为网站打开）。

3．选择菜单命令"文件"→"新建"，在"新建网页"任务窗格中选择"空白网页"，新建一空白网页，再选择菜单命令"文件"→"保存"，在弹出的"另存为"对话框中，选择保存位置为 D:\myweb\pages，文件名为 webpage1，文件类型为默认的"网页（htm）"。

4．输入样张所示的文本内容，注意文字内容的分段。设置标题文本：黑体、加粗、字号 24 磅、颜色 Hex={99, 33, 00}、居中；设置正文文本：楷体、字号 14 磅、颜色 Hex={99, 00, 33}；设置各段落格式：首行缩进 28、对齐方式为左对齐、段前间距为段前 20、行距大小为双倍行距。

5．在标题后插入水平线型图片：spx1.gif；图片格式：宽 600、高 12、居中。

6．设置网页属性。选择菜单命令"文件"→"属性"，在弹出的属性对话框"常规"选项卡中，输入标题"寻找中国元素"；在"格式"选项卡中选中"背景图片"项，单击"浏览"按钮，浏览到"bg1.gif"图片插入。

7．切换网页视图方式的三种显示模式来浏览所编辑页面的效果。

8．保存文件。选择菜单命令"文件"→"在浏览器中预览"或按 F12 键预览网页，如果效果不够理想，则返回 FrontPage 中进行修改，完成后再一次保存文件。

实验 2　图文混排页面制作

实验目的

1．掌握 FrontPage 2003 文档的高级编辑技巧。
2．掌握特殊文字格式的设置和编排，掌握滚动字幕的设置。
3．掌握网页中图片资源整理和使用。
4．掌握交互式按钮的应用。
5．熟悉超链接的使用。

实验内容

在 FrontPage 2003 中制作图文混排的页面，效果如图 5-2 样张所示，以文件名 webpage2.htm 保存在 D:\myweb\pages 文件夹中。

操作步骤

1．启动 FrontPage 2003，选择菜单命令"文件"→"打开网站"，选择"D:\myweb"打开网站。新建一个网页文件，首先将网页文件以文件名 webpage2.htm 保存在网站的\pages 文件夹中，然后输入图 5-2 中所示的文字内容，输入时请注意文字内容的分段。

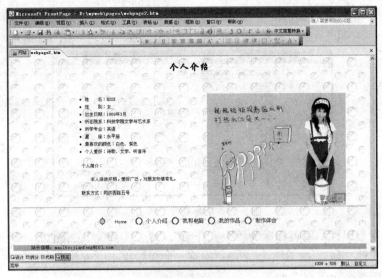

图 5-2　图文混排页面制作样张

2．设置第一行标题文字的字体格式为华文行楷、加粗、字号 24 磅，颜色为蓝色，字符间距为 10；段落设置为段前段后间距均为 5，居中对齐。

3．设置正文部分的文字格式为宋体、10 磅、1.5 倍行距。

4．按样张所示的格式给正文前 8 段的文字添加项目符号。

5．设置正文第 9 段和第 11 段文字缩进文本之前 30，设置第 11 行的段前间距为 20，设置第 10 段文字为缩进文本之前 55，行间距为单倍行距。

6．将 student.jpg 图片插入到当前页面，并设置其属性为宽 380、高 300，绝对定位，然后将图片移动到页面相应的位置。

7．在正文第 11 段文字之后插入水平线，并设置其格式为粉红色、高 2、居中对齐。

8．在水平线下一行插入交互式按钮：居中对齐，按图 5-3 和图 5-4 所示设置按钮属性，用同样的方法产生另外 4 个按钮，改变对应的文本内容，制作过程产生的图片保存到网站 D:\myweb\images 文件夹中。"Home"链接到主页（即"index.htm"），可在主页制作完成后再做链接，"个人介绍"链接到本页，即"webpage2.htm"，并请自行制作"我和电脑"、"我的作品"、"制作体会"网页，完成后再与相关按钮进行链接。

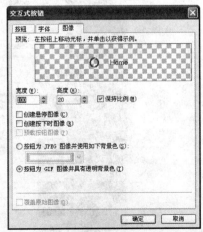

图 5-3　插入交互式按钮对话框（1）　　　　图 5-4　插入交互式按钮对话框（2）

9. 设置站长信箱的超链接地址为自己的邮箱地址，选中该行，选择菜单命令"插入"→"Web 组件"→"字幕"，出现字幕属性对话框，字幕属性的设置如图 5-5 所示。

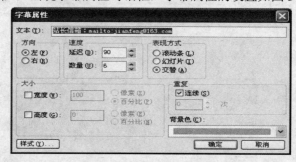

图 5-5　"字幕属性"对话框

10. 设置网页属性：网页标题为"个人介绍"，背景图片为 bg2.gif。

11. 保存文件，使用 IE 浏览器来预览网页，如果效果不够理想，则返回 FrontPage 中进行修改，修改后再一次保存文件。

实验 3　利用表格布局网页

实验目的

1. 掌握使用表格进行页面布局设计的基本方法。
2. 掌握在表格中插入图片和文本的方法。
3. 熟悉 Flash 动画的插入操作。
4. 熟悉交互式按钮的制作。

实验内容

参照图 5-6 所示样张，新建一个网页文件，利用表格布局页面，完成后以文件名 webpage3.htm 保存在 D:\myweb\pages 文件夹中。

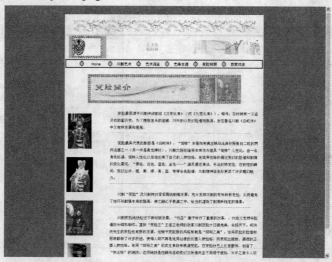

图 5-6　利用表格布局网页样张

操作步骤

1. 启动 FrontPage 2003，打开"D:\myweb"网站，新建一个网页文件，首先将网页文件以文件名 webpage3.htm 保存在网站的\pages 文件夹中。选择菜单命令"文件"→"属性"，弹出网页属性对话框，设置网页标题为"川剧变脸"，网页背景图片为：back-body.jpg。

2. 按 Enter 产生一个空白段落，并设置段落居中对齐，以便表格居中并拉开与页面左右边界的距离，选择菜单命令"表格→"插入"→"表格"，在弹出的"插入表格"对话框中，设置表格为 9 行 4 列，表格属性的设置如图 5-7 中所示，注意表格背景颜色选择白色。

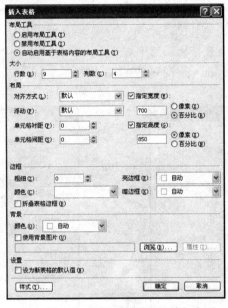

图 5-7 "插入表格"对话框

3. 按表 5-1 所示布局表格，拆分、合并单元格，设置单元格的格式。

表 5-1 表格布局

宽 700，高 68；插入图片 bg3.jpg		
宽 140，高 80 插入 chuanju.swf	宽 560，高 80 插入 banner.jpg，右对齐	
宽 700，高 30；插入交互式按钮		
宽 700，高 140，居中		
宽 100，高 125	字体为宋体、10 磅	
同上	段落为左对齐、首行缩进 28px（像素）、1.5 倍行距	
同上	水平线图为 line_01.gif	
同上	图片属性为宽 500、高 10	

4. 第一行插入图片 bg3.jpg，右对齐。

5. 第二行左单元格插入 Flash 动画文件。操作如下：选择菜单命令"插入"→"Web 组件"，在插入 Web 组件对话框中选择"高级控件"和"Flash 影片"选项，如图 5-8 所示；单击"完成"按钮后，出现选择文件对话框，选择"chuanju.swf"文件插入，设置 Flash 影片属性宽132、高 77，如图 5-9 所示。右单元格插入图片 banner.jpg，右对齐。

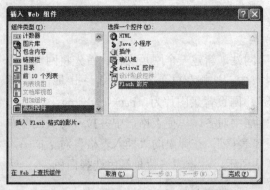
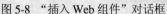
图 5-8 "插入 Web 组件"对话框

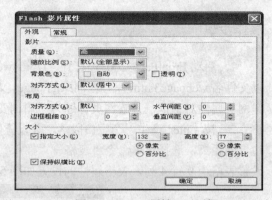
图 5-9 "Flash 属性"对话框

6. 第三行插入 6 个交互式按钮，居中对齐，按图 5-10 和图 5-11 所示设置按钮属性，用同样的方法产生另 5 个按钮，改变对应的文本内容，制作过程产生的图片保存到网站 D:\myweb\images 文件夹中。

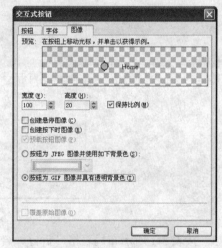

图 5-10 "交互式按钮"对话框（1） 图 5-11 "交互式按钮"对话框（2）

7. 第四行插入图片 hf1.jpg，相对居中对齐。

8. 第五行左侧 4 个单元格分别插入图片 bl1.jpg、bl2.jpg、bl3.jpg、bl4.jpg，左对齐。

9. 第五行右侧单元格把"川剧变脸.txt"中的文字内容复制并粘贴过来，并对文字进行编辑，用回车键取代换行符，字体为宋体、10 磅；段落格式为左对齐、首行缩进 28px（像素）、1.5 倍行距。在每个段落后插入水平线图 line_01.gif，图片属性为宽 500、高 10。

10. 保存文件，使用 IE 浏览器来预览网页，如果效果不够理想，则返回 FrontPage 中进行修改，修改后再一次保存文件。

实验 4　页面框架和动态效果设置（一）

实验目的

1. 掌握用框架进行页面布局设计的基本方法。
2. 掌握目标框架的定义及框架之间的关联。

3. 进一步熟悉框架的超链接设置。

实验内容

在 FrontPage 2003 中根据框架网页模板"横幅与目录",创建一个框架网页。完成后以文件名 webpage4.htm 保存到网站 D:\myweb\pages 文件夹中,样张如图 5-12 所示。

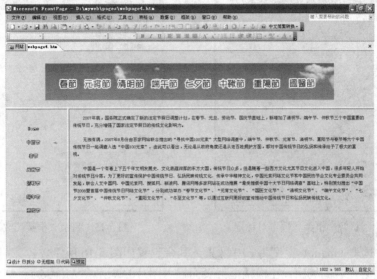

图 5-12　框架网页样张

操作步骤

1. 启动 FrontPage 2003,打开"D:\myweb"网站,选择菜单命令"文件"→"新建",从"新建"任务窗格中,选"其他网页模板",在弹出"网页模板"对话框中的"框架网页"选项卡下,选择"横幅与目录",单击"确定"按钮后,出现如图 5-13 所示的框架页。

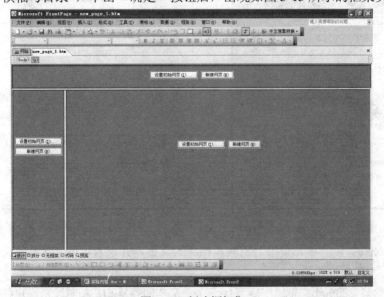

图 5-13　新建框架集

2．设置框架页属性：横幅框架处选择"新建网页"；左边目录框架也选择"新建网页"；右边内容框架同样选择"新建网页"。

3．设置各部分框架的属性：

（1）横幅框架（banner）高度为 155 像素，其余设置如图 5-14 所示。

（2）目录框架（contents）宽度为 125 像素，其余设置如图 5-15 所示。

图 5-14　横幅"框架属性"对话框　　　　图 5-15　目录"框架属性"对话框

（3）内容框架（main）宽度为 610 像素，其余设置如图 5-16 所示。

4．横幅框架内容的编辑：在横幅框架页面插入图片 D:\myweb\ctjr\imagcs\cjdc.gif，居中对齐，设置网页背景颜色为 Hex={de, de, ce}。

5．目录框架页背景颜色为 Hex={de, de, ce}，并按如下要求编辑：

（1）在目录框架页面插入一个 7 行 1 列的表格，设置表格属性为居中对齐、宽度为 100%、各边框粗细为 0；选择表格中的各单元格，设置单元格属性为宽 100%、高 35，其余设置如图 5-17 所示。

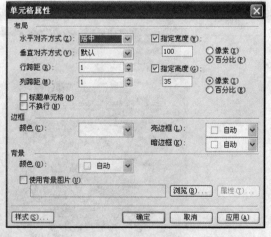

图 5-16　内容"框架属性"对话框　　　　图 5-17　"单元格属性"对话框

（2）在表格的 7 个单元格中分别输入相应的文字，并设置这些文字格式为华文彩云、12 磅、蓝色。

6．内容框架页的编辑：把"中国节.txt"中的文本内容复制并粘贴过来，并对文本进行编辑，用回车键取代换行符。字体为宋体、10 磅；段落格式为左对齐、首行缩进 28px、1.5 倍行距。

7. 建立目录框架的链接地址：按表 5-2 所示的要求完成目录框架中超链接的设置。

表 5-2　目录框架与超链接

链 接 文 字	链 接 文 件	目 标 框 架	链 接 格 式
Home	index.htm	整页	
中国节	ctjr\main4-3.htm	main	
春节	ctjr\webpage5-1.htm	main	
元宵节	ctjr\webpage5-2.htm	main	去除超链接的下划线
清明节	ctjr\webpage5-3.htm	main	
端午节	ctjr\webpage5-4.htm	main	
重阳节	ctjr\webpage5-5.htm	main	

8. 保存当前的操作结果到网站的 D:\myweb\ctjr 文件夹中，横幅框架保存的文件名为 top4-1.htm，目录框架保存的文件名为 left4-2.htm，内容框架保存的文件名为 main4-3.htm。整体框架页面以 webpage4.htm 为文件名，保存在 D:\myweb\pages 文件夹中（保存时注意，在"另存为"对话框中会显示框架网页布局的预览，正在保存框架网页会用深蓝色的框突出显示）。设置框架网页标题为"中国传统节日"。

9. 使用 IE 浏览器来预览网页，如果效果不够理想，则返回 FrontPage 中进行修改，修改后再一次保存文件。

提示：当框架网页中的某个框架页重新进行修改后，要选择菜单命令"框架"→"保存网页"，保存修改后的网页；或者选择菜单命令"文件"→"全部保存"保存。

实验 5　页面框架和动态效果设置（二）

实验目的

1. 进一步掌握用框架进行页面布局设计的基本方法。
2. 掌握目标框架的定义及框架之间的关联。
3. 进一步熟悉框架的超链接设置。
4. 熟悉网页中动态效果的设置。

实验内容

创建一个框架网页。完成后以文件名 index.htm 保存到网站的 D:\myweb 文件夹中，样张如图 5-18 所示。

操作步骤

1. 启动 FrontPage 2003，打开"myweb"网站，逐一打开表 5-3 指定的各个网页，按表 5-3 所示进行修改，然后以原文件名保存，保存位置不变。

图 5-18　框架网页样张

表 5-3　网页过渡效果

网 页 文 件	网页过渡效果
pages\webpage1.htm	进入网页：周期 5 秒，随机效果 离开网页：周期 6 秒，圆形收缩
pages\webpage2.htm	
pages\webpage3.htm	
pages\webpage4.htm	

2．选择菜单命令"文件"→"新建"，从出现的"新建"任务窗格中，选"其他网页模板"，在弹出"网页模板"对话框中的"框架网页"选项卡下，选择"自顶向下的层次结构"，单击"确定"按钮后出现如图 5-19 所示的框架页。

3．设置框架页属性：顶层框架处选择"新建网页"；中间层框架也选择"新建网页"；底层框架选择"设置初始网页"，在插入超链接地址栏中选择"pages\webpages1.htm"。

4．设置各部分框架的属性：

（1）顶层框架高度为 165 像素，其余设置如图 5-20 所示。

（2）中间层框架高度为 75 像素，其余设置如图 5-21 所示。

（3）底层框架相对高度为 1，其余设置如图 5-22 所示。

5．顶层框架内容的编辑：在顶层框架页面插入图片 D:\myweb\images\banner-5.jpg，居中对齐。

6．中间层框架内容的编辑：在中间层框架页面插入图片 D:\myweb\images\2008hf.gif，居中对齐；选择图片，显示图片工具栏，选择文本按钮，输入相应的文本，建立文本的链接地址：按表 5-4 的要求完成文本中超链接的设置。

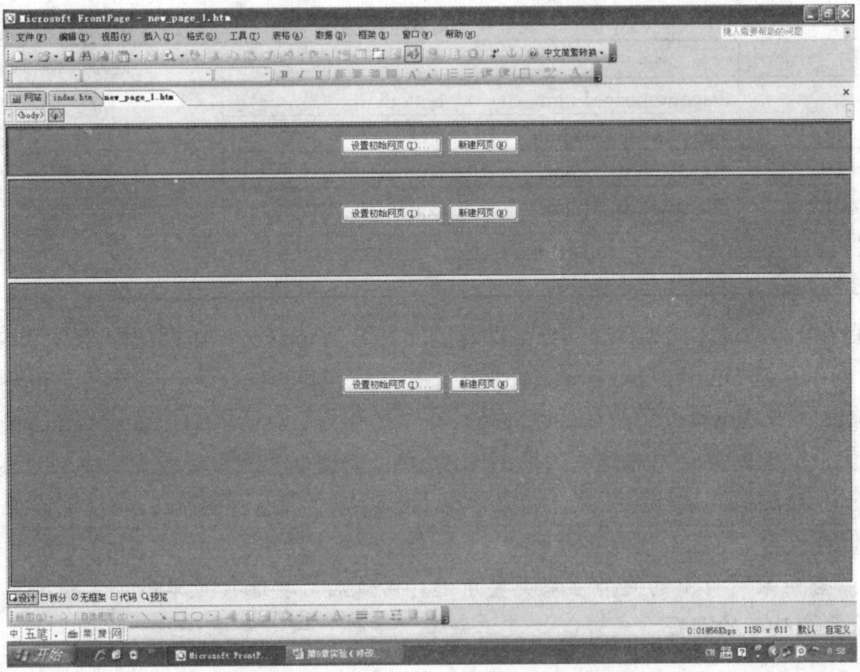

图 5-19　新建框架集

图 5-20　顶层"框架属性"对话框

图 5-21　中间层"框架属性"对话框

图 5-22　底层"框架属性"对话框

表 5-4　文本与超链接

链 接 文 字	链 接 文 件	目 标 框 架	链 接 格 式
Home	Page\webpage1.htm	bottom	
中国节	pages\webpage4.htm	整页	
川剧变脸	page\webpage3.htm	bottom	去除超链接的下划线
100 元素	Page\webpage1.htm	bottom	
古典音乐	http://www.guqu.net/	新建窗口	
个人天地	page\webpage2.htm	整页	

7．保存当前的操作结果：顶层框架保存的文件名为 top.htm，中间层框架保存的文件名为 mid.htm，均保存到 D:\myweb\pages 文件夹中。整体框架集页面保存的文件名为 index.htm，保存到网站根目录 D:\myweb 下（保存时注意，在"另存为"对话框中会显示框架网页布局的预览，正在保存框架网页会用深蓝色的框突出显示）。设置框架网页标题为"中国元素"。

8．使用 IE 浏览器来预览网页，如果效果不够理想，则返回 FrontPage 中进行修改，修改后再一次保存文件。

提示：当框架网页中的某个框架页重新进行修改后，要选择菜单命令"框架"→"保存网页"，保存修改后的网页。或者选择菜单命令"文件"→"全部保存"保存。

实验 6　制作"网站个人信息注册"页面

实验目的

1．学习利用表单完成各种数据的收集、获取用户基本信息的需求及网上信息反馈等知识。
2．掌握用 FrontPage 2003 进行表单页面制作的基本方法。
3．学习表单控件的制作。
4．进一步掌握表格布局的应用。

实验内容

建立一个网站个人信息注册表单网页，表单中包含会员代号、密码、真实姓名、性别、出生日期、教育程度、电子邮件、自我介绍和兴趣爱好等表单项，样张如图 5-23 所示。

操作步骤

1．把 C:\intdmt\frontpage\webpage5.htm 复制到网站 D:\myweb\pages 的文件夹中。
2．在 FrontPage 中打开 webpage5.htm，选择菜单命令"插入"→"表单"→"表单"：在该文档的第一行插入一表单，设置网页标题"会员注册表"。
3．将该文档提供的表格剪切并粘贴到表单中，如图 5-24 所示。
4．在对应位置添加文本内容及表单对象并设置表单对象属性，要求如下：
（1）设置表格第 1 行文本"网站个人信息注册表"字体为华文新魏、加粗、18 磅，颜色为 Hex={99, 99, FF}，居中对齐。
（2）表格第 2 行"会员代号"处插入文本框，命名为 membername，Tab 键次序为 1，初始值为空，其他选项均采用默认值。

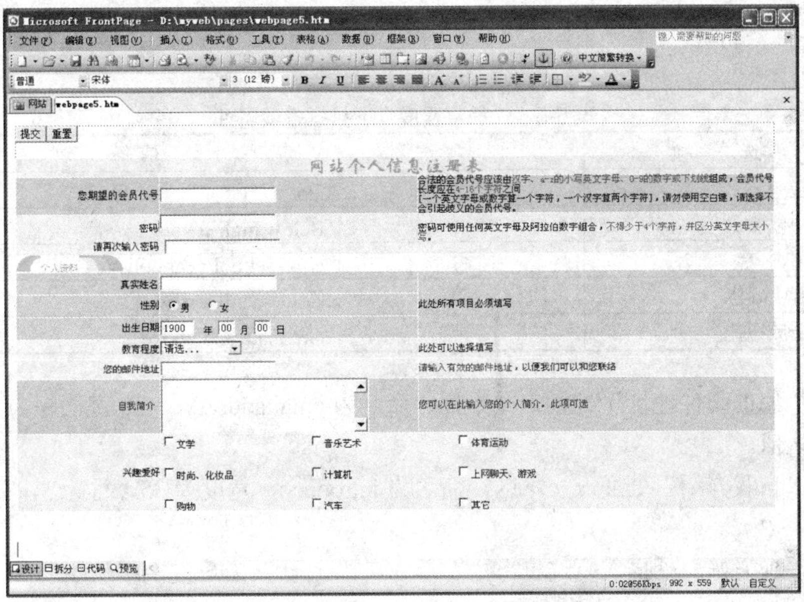

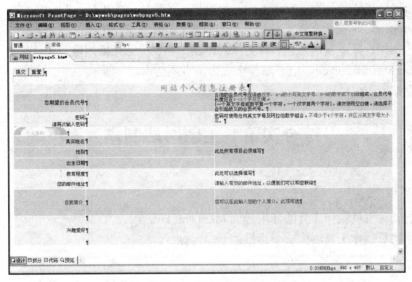

图 5-23　表单网页制作样张

图 5-24　表单网页设置

（3）表格第 3 行"密码"处插入文本框，名称为 password 和 password1，密码域选项按钮选择"是"，初始值均为空，Tab 键次序分别为 2 和 3，其他选项均采用默认值。

（4）"真实姓名"处插入文本框，名称为 name，Tab 键次序为 4，初始值为空，其他选项均为默认值。

（5）在"男"、"女"前分别插入选项按钮，名称分别设置为 male 和 female。值分别为 yes 和 no，初始值状态分别设置为"已选中"和"未选中"，Tab 键次序分别为 5 和 6。

（6）在"出生日期"处插入文本框，分别进行设置。"年"处文本框名称为 birthyear，初始值为 1900，宽度为 5，Tab 键次序为 7；"月"处文本框名称为 birthmonth，初始值为 00，宽度为 2，Tab 键次序为 8；"日"处文本框名称为 birthday，初始值为 00，宽度为 2，Tab 键次序为 9；其他选项均采用默认值。

（7）在"教育程度"处插入下拉框，命名为 education，Tab 键次序为 10，添加选项如表 5-5 所示。

表 5-5　"教育程度"下拉框各项属性

选　　项	已　　选	值
请选…	是	No
高中以下程度	否	Below high school
高中\中专	否	High school/year college
大专\本科	否	College/university
硕士或以上	否	Graduate and above

（8）在"您的邮件地址"处插入文本框，命名为 emailaddress，Tab 键次序为 11，其他选项均采用默认值。

（9）在"自我介绍"处插入文本区，命名为 introduce，宽度为 35，行为 5，初始值为空，Tab 键次序为 12。

（10）"兴趣爱好"处插入复选框，由左至右，由上至下 Tab 键次序从 13～21，并依次命名为 hobbies 到 hobbies8，值均为 yes，状态均为未选中。

（11）将提交按钮命名为 submit，标签为提交，按钮类型为提交，Tab 键次序为 22；重置按钮命名为 repeat，标签为重置，按钮类型为重置，Tab 键次序为 23。

5．表单属性设置：发送文件名称为 results，保存表单结果采用电子邮件结果，电子邮件地址为 teacherli@fosu.edu.cn，电子邮件格式为带格式文本。

6．保存该网页。

综合实验　主题网站制作

实验目的

1．掌握一种网页制作工具的使用，如 Microsoft FrontPage。
2．利用网页制作工具制作一个小型的专题网站。

实验内容

以 FrontPage 2003 为网页制作工具，制作一个专题网站，主题自己选择，具体要求如下。

1．要有 15 个左右的页面，其中第 1～5 个页面必须是自己"原创"，原创内容越多越好，得分越高。例如：

（1）介绍自己及所学专业、班级、同学；（自我介绍）

（2）你对电脑的认识；自己接触、学习电脑的历程；你是如何学习计算机知识的？（我与电脑）

（3）接触、学习使用 Internet 的历程、酸甜苦辣，你的真情体验。（一网情深）

（4）对计算机基础课程（大学计算机应用基础、Internet 及多媒体应用）的意见和建议。

（5）谈谈在 QQ 聊天的得失和你的看法。

2．通过网络就某个专题搜索资料，题材不限，但要求带有科普性和趣味性，就某个专题做介绍，使得大家访问了你的网站有一定的收获。

参考专题：介绍自己的家乡、介绍中国的民俗等；也可以是其他感兴趣的专题，如文学、历史、科技、体育、旅游、生活、时尚等。

3．作品中必须有足够的能说明主题的各种媒体资料，包括：

（1）输入文字和项目列表，设置文字格式。

（2）添加图片、动画、声音、背景，并注意将这些文件分类存放在不同的子文件夹中。

（3）插入、修改超链接；超链接可以是文字或图片，注意产生超链接的目的源。

（4）加入表单：可以在网页中创建文本框、滚动文本框、复选框、按钮等。

（5）使用表格进行版面布局设计。

4．版面及格式。

（1）要求图文并茂，颜色搭配合理。但是图片及声音文件不要太大。如果能加入自己创作的动态元素（如 Flash，Gif 动画等）将获得加分。希望充分发挥各自的创造能力。

（2）导航设计简洁明了，不能有"死链接"，要保证能够在网络上浏览。

（3）所做网页的首页文件名必须为 index.htm。

（4）递交时必须把网页中所有用到的图片、声音、动画等都一起上传到服务器。网站的总容量在 20MB 左右。

第 6 篇　Photoshop 图像处理

说明：本篇实验中所使用的素材均存放在 C:\intdmt\phot 文件夹中，实验结果保存在 D:\phot_zp 文件夹中。

实验 1　基本操作与常用工具的使用

实验目的

1．掌握一些常用工具的使用。
2．掌握图像的基本处理方法。
3．理解选区的概念，并灵活使用选区。

实验内容

1．简单的图像合成。
2．利用图章工具去除多余景物。
3．制作网页横幅图片。

操作步骤

1．简单的图像合成

思路分析：图像合成就是将两张或两张以上的图像合成为一张图像，最常用的方法就是"抠像"。使用"套索工具"将图像中的对象勾选，创建一个选区，并对选区做适当的"羽化"处理，使选区内的图像具有虚化效果，将选区的图像复制到另一图像中，使用"移动工具"调整好图像位置。

操作步骤如下：

（1）选择菜单命令"文件"→"打开"，同时选中"瀑布.jpg"和"射箭.jpg"两个图像文件并打开，如图 6-1 所示。

图 6-1　打开的"瀑布"和"射箭"图片

（2）选中射箭图像，选取工具箱中的"套索工具"，将工具选项栏的"羽化"值设为25，如图 6-2 所示。沿人物的轮廓套索创建选区，如图 6-3 所示。然后选择菜单命令"编辑"→"拷贝"（或按 Ctrl+C 组合键），复制人物。

图 6-2　设置工具选项栏

注意：有时候打开多幅图片时，当前图像会充满整个窗口，以致无法看到其他图像。遇到这种情况，单击当前图像的"向下还原"按钮，或者选择菜单命令"窗口"→"排列"→"水平平铺"或"垂直平铺"，即可看到其他的图像。

（3）关闭射箭图像，使瀑布图像成为当前图像，选择菜单命令"编辑"→"粘贴"，将复制的图像粘贴到瀑布图像中。选择"移动"工具，调整好人物的位置（选择菜单命令"编辑"→"变换"→"缩放"，可以对人物图像进行大小调整，调整好后，选择"移动"工具，完成图像缩放调整），此时的图像如图 6-4 所示。

图 6-3　创建的任意形状选区　　　　　图 6-4　复制人物后的图像

（4）再打开名为"海石.jpg"的图像文件，选取工具箱中的"多边形套索工具"，将工具选项栏的"羽化"值设为 30，沿海石的大概轮廓套索创建如图 6-5 所示的选区，然后选择菜单命令"编辑"→"拷贝"，复制选区。

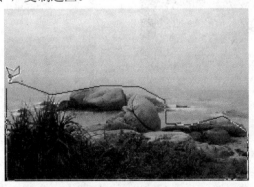

图 6-5　创建的海石选区

（5）关闭海石图像，使瀑布图像成为当前图像，选择菜单命令"编辑"→"粘贴"，将复制的图像粘贴到"瀑布"图像中。选择"移动"工具，调整好海石的位置（同理可选择菜单命令"编辑"→"变换"→"缩放"，对海石图像进行大小调整，大小调整好后，选择"移动"工具，完成图像缩放调整），完成的图像效果如图 6-6 所示。

图 6-6 完成的图像融合效果

（6）最后将图像以 1-phot1.jpg 为文件名保存。

2．利用图章工具去除多余景物

思路分析：拍摄的照片，有时会因为一些多余的景物而感觉欠佳，使用"仿制图章工具"可以轻松地将多余景物去除。

操作步骤如下：

（1）选择菜单命令"文件"→"打开"，打开"小巷.jpg"图像文件。为了不破坏原图像，在图层调板的"背景"图层上按住鼠标，将其拖到"创建新图层"按钮  上，复制一"背景副本"图层，如图 6-7 所示。

图 6-7 打开并复制的"小巷"图片

（2）选择"仿制图章工具" ，在工具选项栏中设置笔刷类型为柔角 20 像素，取消"对齐"复选框。将光标移到要去除人物附近的地面上，按住 Alt 键（此时光标为 ）并单击鼠标取样。

（3）释放鼠标和按键，将鼠标移到要去除的人物上，按下鼠标左键并拖动，此时图像中显示十字与圆圈两个图标，其中十字光标为取样点，而圆圈光标为复制点，如图 6-8 所示。不断拖动鼠标涂抹，即可用地面图像将人物图像覆盖。注意在涂抹过程中要不断地在人物附近取样，最终修复完成的效果如图 6-9 所示。

图 6-8 取样点与复制点　　　　　　　　图 6-9 修复完成的图像

（4）完成后将图像以 1-phot2.jpg 为文件名保存。

3．制作网页横幅图片

思路分析：网页横幅图片的高度一般不超过 200 像素，所以首先使用"裁切工具"将图片适当裁切，然后将图片调整为与网页相同的宽度，使用"文字工具"添加网站名称。

操作步骤如下：

（1）选择菜单命令"文件"→"打开"，打开"横幅素材.jpg"图像文件，如图 6-10 所示。

图 6-10 打开的"横幅素材"图片

（2）选择工具箱中的"裁切工具" ⊄，在图像中按住鼠标左键拖动出一矩形区域，松开鼠标后，可以看到创建的裁切区域的矩形边界线上有 8 个控制柄，如图 6-11 所示。拖动控制柄可调整区域的大小，在裁切区域中按下鼠标可移动区域，调整到合适的位置后，按 Enter 键（或用鼠标左键双击裁切区域）即可完成裁切。

图 6-11 创建的裁切区域

（3）选择菜单命令"图像"→"图像大小"，弹出"图像大小"对话框。选择"约束比例"选项，在"像素大小"下的"宽度"文本框中输入800，这时"高度"栏中的数值随之变化，如图 6-12 所示。设置完成后，单击"确定"按钮。

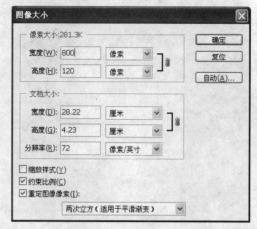

图 6-12 "图像大小"对话框

（4）选择"横排文字工具" **T**，将工具选项栏中的字体设为"方正舒体"，字号大小为 60 点，白色。然后单击图像，这时会自动生成一文字图层，输入"绿色空间"，选择"移动工具" ，将文字移到图像的合适位置。

（5）选择菜单命令"图层"→"图层样式"→"投影"，为文字添加投影效果。

（6）完成后的图像如图 6-13 所示，最后将图像以 1-phot3.jpg 为文件名保存。

图 6-13 制作完成的网页横幅

课后练习题

1. 自选 2～3 张数码照片，选取其中适当的景物，将其合成为一张照片。
2. 设计制作一张自己网站的网页横幅图片。

实验 2 图层与图层蒙版

实验目的

1. 熟悉图层调板，掌握图层的概念和基本操作。
2. 理解图层蒙版的概念。
3. 掌握图层蒙版的建立和编辑。

实验内容

1. 图层的应用——林中踢球。

2. 利用图层蒙版合成图像。

3. 制作一公益广告。

操作步骤

1. 图层的应用——林中踢球

思路分析：制作该图像时，首先使用"套索工具"将人物轮廓选取，复制到公园树林图像中，然后利用图层的特性，将部分小树干选取，复制到人物的上一层，就产生了人在树后的效果。

操作步骤如下：

（1）打开"公园树林.jpg"和"踢球.jpg"两个图像文件，如图6-14所示。

图6-14　打开的"公园树林"和"踢球"图片

（2）选中"踢球.jpg"图像，选择工具箱中的"多边形套索工具" ，将工具选项栏上的"羽化"值设置为1，沿人物的轮廓创建一个如图6-15所示的选区，然后选择菜单命令"编辑"→"拷贝"。

图6-15　创建的人物选区

（3）单击"公园树林.jpg"的图像窗口，将其作为当前窗口，选择菜单命令"编辑"→"粘贴"，将复制的图像粘贴到公园树林图中，形成"图层1"。

（4）选择菜单命令"编辑"→"自由变换"（或按Ctrl+T组合键），通过自由变换框调整人物的大小，完成后按Enter键确认。选择工具箱中的"移动工具" ，将人物移动到合适位置，结果如图6-16所示。

图 6-16　调整好的人物

（5）选中图层调板中的"图层 1"，将该图层的"不透明度"调整为 50%（以便能看见下方的图像）。选择"背景"图层，使用"多边形套索工具" ，将位于足球下面的大树的树干部分选取（注意要超过足球的高度），选择菜单命令"编辑"→"拷贝"，然后选中"图层 1"图层，选择菜单命令"编辑"→"粘贴"，形成"图层 2"。此时的图像和图层调板如图 6-17 所示。

图 6-17　创建的选区及图层调板

（6）再选择"背景"图层，使用"多边形套索工具" ，选取位于右脚下面的大树的树干，选择菜单命令"编辑"→"拷贝"，然后选中"图层 2"图层，选择菜单命令"编辑"→"粘贴"，形成"图层 3"。此时的图像和图层调板如图 6-18 所示。

图 6-18　创建的选区及图层调板

（7）将"图层 1"图层的"不透明度"调整为 100%，使人物图像完全显示。完成后的图像如图 6-19 所示，最后将图像以 2-phot1.jpg 为文件名保存。

图 6-19　完成的合成图像

2．利用图层蒙版合成图像

思路分析：利用图层蒙版可以屏蔽掉图层中的某些不需要的部分，而不破坏原图像，以此达到合成图像的目的。对于任何一个图层而言，都可以创建图层蒙版，在图层蒙版中，用黑色画笔涂抹会屏蔽掉当前图层的图像，用灰色画笔涂抹后，会使图层的图像半隐半现。

操作步骤如下：

（1）打开"屋后小河.jpg"和"秋景.jpg"两个图像文件，如图 6-20 所示。

图 6-20　打开的"屋后小河"和"秋景"图片

（2）选择"移动工具" ，将"屋后小河"图像移动复制到"秋景"图像上，形成"图层 1"。关闭原"屋后小河"图片窗口。

注意：若两个图像未在编辑窗口中同时显示，单击当前图像的"向下还原"按钮 ，或者选择菜单命令"窗口" → "排列" → "水平平铺"或"垂直平铺"，使两个图像在编辑窗口中同时显示。

（3）选中"屋后小河"图像所在的图层 1，单击图层调板下方的"添加图层蒙版"按钮 ，可以看到屋后小河图层上添加了一蒙版。此时图像并没有发生改变，因为蒙版是白色的，如图 6-21 所示。

（4）将工具箱中的前景色设置成黑色，选择"画笔"工具，设置笔触为 80 的柔边画笔，在上层的小河图像上涂抹，则逐渐显露出下方的秋景图像，完成的合成图像如图 6-22 所示，此时的图层调板如图 6-23 所示。

（5）完成的图像以 2-phot2.jpg 为文件名保存。

图 6-21　为"图层 1"添加蒙版

图 6-22　完成的合成图像

图 6-23　对应的图层调板

3．制作一公益广告

思路分析：制作该图片时，首先使用"矩形选框工具"将部分图像选取，然后变换选区，复制选区图像到一新图层中，然后利用图层的特性，制作出长颈鹿头探出画框的效果，最后利用滤镜和图层混合模式制作背景。

操作步骤如下：

（1）打开"长颈鹿.jpg"图像文件，如图 6-24 所示。

图 6-24　打开的"长颈鹿"图片

（2）选择工具箱中的"矩形选框工具" ，在图像中建立一矩形选区，选择菜单命令"选择"→"变换选区"，调整后的选区如图 6-25 所示，按 Enter 键确定。选择菜单命令"编辑"→"拷贝"，然后选择菜单命令"编辑"→"粘贴"，将复制的选区粘贴，形成"图层 1"，此时的图层调板如图 6-26 所示。

（3）选中图层 1，选择菜单命令"编辑"→"描边"，在弹出的对话框中设置，宽度 8 像素、颜色白色、位置为"内部"。然后选择菜单命令"图层"→"图层样式"→"投影"，设置投影角度为 120；距离为 7 像素，其他项设置为默认值。描边并添加投影效果的图像如图 6-27 所示。

图 6-25　在图像中创建调整后的选区

图 6-26　粘贴图像后的图层调板

图 6-27　经描边添加投影效果后的图像

（4）选中背景图层，选择"多边形套索工具" ，在长颈鹿头部及脖子处创建选区，如图 6-28 所示，选择菜单命令"编辑"→"拷贝"，然后选中"图层 1"，选择菜单命令"编辑"→"粘贴"，将复制的选区粘贴在"图层 1"上方，形成"图层 2"，此时出现了长颈鹿的头部探出画框的效果，图像效果及图层调板如图 6-29 所示。

图 6-28　创建的选区

图 6-29　粘贴后效果及图层调板

61

（5）选中背景图层，选择菜单命令"滤镜"→"径向模糊"，选择"缩放"数量为30，单击"确定"按钮。然后选择菜单命令"图像"→"调整"→"色彩平衡"，弹出"色彩平衡"对话框，进行如图 6-30 所示的设置，使背景适当改变颜色。再选择菜单命令"滤镜"→"画笔描边"→"强化的边缘"。效果如图 6-31 所示。

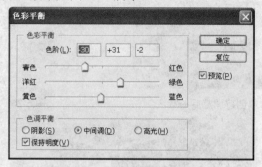

图 6-30 "色彩平衡"对话框

图 6-31 调整背景效果的图像

（6）选择工具箱中的"直排文字"工具 **T.**，在工具选项栏内设置字体为华文新魏，大小为 48，颜色白色，输入文字"爱护野生动物"。再选中"野生"两字，将其设置为红色、华文行楷、大小为 72。选择菜单命令"图层"→"图层样式"→"投影"，为文字添加投影效果。

（7）打开"小鹿.jpg"图片，选择"套索工具" ，将工具选项栏的羽化设置为 10px，创建如图 6-32 所示的选区。复制选区图像到长颈鹿图像中，并将图层调板中的混合模式设置为"柔光"，完成的效果如图 6-33 所示，图层调板如图 6-34 所示。

图 6-32 创建的选区

（8）将完成的图像以 2-phot3.jpg 为文件名保存。

图 6-33　完成的公益广告

图 6-34　完成后的图层调板

课后练习题

自选 3 张以上的素材图片，利用图层蒙版将其合成为一幅公益广告或海报，并输入文字，为文字添加图层特殊效果。

实验 3　通道和路径

实验目的

1. 熟悉通道调板，掌握通道的概念和基本操作。
2. 熟悉路径调板，掌握路径的创建和调整方法。
3. 掌握"光照效果"滤镜的使用。

实验内容

1. 利用通道制作金属画效果。
2. 利用路径创建选区——制作画册效果。
3. 沿路径绕排文字。

操作步骤

1. 利用通道制作金属画效果

思路分析：Alpha 通道是用来存储选区和蒙版的，也可以用来制作图像的特殊效果。在 Alpha 通道中可以绘制图像、粘贴图像和处理图像，但 Alpha 通道中的图像只是灰度图像。要将 Alpha 通道中的图像应用到图像中，可以利用"渲染"滤镜的"光照效果"显示出来。

操作步骤如下：

（1）选择菜单命令"文件"→"新建"，在弹出的"新建"对话框中设置图像的宽度为 480 像素，高度为 360 像素，颜色模式为 RGB 颜色，背景为白色，如图 6-35 所示。

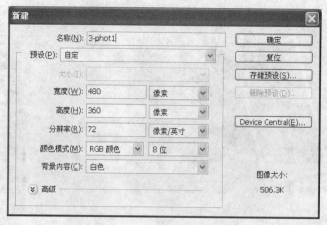

图 6-35 "新建"对话框

（2）将背景填充为淡黄色（RGB：255，255，50），然后双击"图层"调板中的背景图层，在弹出的"新图层"对话框中，单击"确定"按钮，使背景层转换为"图层 0"图层。再选择"通道"调板，单击调板下方的"创建新通道"按钮，创建"Alpha1"通道。

（3）选择菜单命令"文件"→"打开"，打开"夕阳.jpg"图像文件，按 Ctrl+A 组合键，将图像全选，选择菜单命令"编辑"→"拷贝"，复制图像，然后将该图像文件关闭。

（4）选中新建图像的 Alpha1 通道，选择菜单命令"编辑"→"粘贴"，将复制的图像粘贴到 Alpha1 通道中，如图 6-36 所示。

图 6-36　粘贴到 Alpha1 通道的"夕阳"图像

（5）选中"图层"调板中的"图层 0"图层，此时，图像窗口内只有淡黄色背景。选择菜单命令"滤镜"→"渲染"→"光照效果"，弹出"光照效果"对话框。"光照类型"为"点光"，在"纹理通道"中选择"Alpha1"选项。用鼠标拖动对话框中四周控制点和中心控制点，还可以调整光源的位置、照射范围和角度，其他设置如图 6-37 所示，设置好后单击"确定"按钮。

（6）将完成的图像以 3-phot1.jpg 为文件名保存，金属画效果如图 6-38 所示。

2．利用路径创建选区——制作画册效果

思路分析：路径提供了一种精确绘制对象轮廓的方法，创建的路径可以很方便地转换为选区，然后利用图层的混合模式制成画册效果。

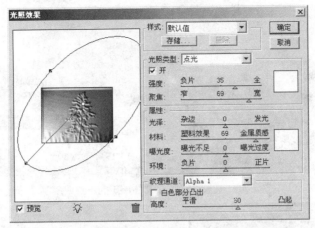

图 6-37 "光照效果"对话框

图 6-38 完成的金属画效果

操作步骤如下：

（1）打开"书.jpg"和"校园.jpg"两个图像文件，如图 6-39 所示。

图 6-39 打开的"书"和"校园"图片

（2）选中校园图像，选择"移动工具" ，将校园图像拖到书的图像上面，生成图层 1，按 Ctrl+T 组合键进行自由变换调整大小（调整时，可暂将图层 1 的不透明度调为 60%，以便能看到下方的图像），如图 6-40 所示，调整好后按 Enter 键完成变换。

（3）单击取消"图层 1"前面的 图标，将"图层 1"隐藏。

（4）选择工具箱中的"钢笔工具" ，选中工具选项栏中的"路径"按钮 ，然后沿着书的内页绘制路径，直到回到路径的起始点闭合路径，如图 6-41 所示。

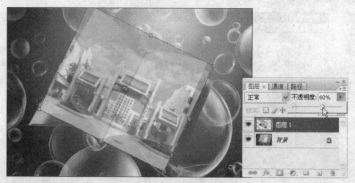

图 6-40　调整图像大小和图层 1 的不透明度

图 6-41　沿书内页创建路径

　　提示：绘制的路径如果需要调整某锚点的位置，可选择"直接选择工具" ![arrow]，单击要调整的锚点进行调整。

　　（5）单击"图层 1"前的 ![eye] 图标，将"图层 1"显示出来，并选中"图层 1"作为当前图层，然后将"图层 1"的不透明度调为 100%。切换到"路径"调板，单击下方的"将路径转换为选区"按钮，将出现书内页的选区，如图 6-42 所示。

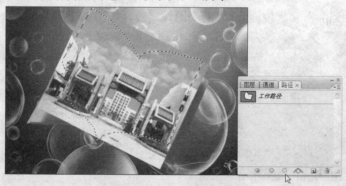

图 6-42　路径转换为选区

　　（6）切换到"图层"调板，选中"图层 1"作为当前图层，选择菜单命令"选择"→"反向"，再按 Delete 键，将书页之外的图像清除，按 Ctrt+D 组合键，取消选择。

　　（7）将"图层 1"的"混合模式"选取为"正片叠底"，如图 6-43 所示。完成的效果如图 6-44 所示。

　　（8）将完成的图像以文件名 3-phot2.jpg 保存。

图 6-43 设置"图层 1"的混合模式

图 6-44 完成的图像效果

3．沿路径绕排文字

思路分析：沿路径绕排文字，就是一串文字沿事先画好的路径边缘排列。路径创建可以使用钢笔工具或形状工具创建，也可以由选区转换为路径，然后使用"文字工具"输入文字。

操作步骤如下：

（1）选择菜单命令"文件"→"新建"，弹出"新建"对话框。宽度为 480 像素，高度为 360 像素，颜色模式为 RGB 颜色，背景为白色。

（2）选择菜单命令"文件"→"打开"，打开"世博会会徽.gif"图像文件，按 Ctrl+A 组合键，将图像全选，选择菜单命令"编辑"→"拷贝"，复制图像，然后将该图像文件关闭。

（3）选择新建的图像窗口，选择菜单命令"编辑"→"粘贴"，将复制的世博会会徽图像粘贴到新图像窗口中，形成"图层 1"。按 Ctrl+T 组合键将会徽调整好大小，选择"移动工具"，将会徽移到合适的位置。

（4）选择"椭圆选框工具"，拖动鼠标绘制一个圆形选区。

（5）选择"路径"调板，单击调板下方的"从选区生成工作路径"按钮，将当前的选区转换成路径，此时的路径调板上生成了一条工作路径，如图 6-45 所示。

（6）选择"横排文字工具" **T**，移动光标到圆形路径上，当光标变成如图 6-46 所示的形状时，在路径上单击，路径上会出现一个插入点，弹出"字符"调板，在调板内设置字体为黑体，大小为 30，颜色为纯黄橙色，然后输入"迎接 2010 年上海世博会"。

图 6-45 选区转换的工作路径

图 6-46 插入文本光标

（7）选择工具箱中的"路径选择工具 ▶"或"直接选择工具" ▶，将光标移到路径上的文字上，光标变成带箭头的 I 型光标，用此光标拖动文字即可改变文字相对于路径的位置，完成的效果如图 6-47 所示。

图 6-47 完成的图像效果

（8）将完成的图像以文件名 3-phot3.jpg 保存。

提示：也可以使用"钢笔工具"将路径绘制成任意不封闭的复杂形状，如图 6-48 所示，然后选文字工具，移动光标到路径上，光标变成 ，即可输入文字，效果如图 6-49 所示。

图 6-48 绘制的任意形状路径

图 6-49 创建的路径文字

实验 4 帧动画制作与网页切片

实验目的

1. 熟悉动画面板的使用。
2. 掌握帧动画制作的基本方法。
3. 掌握网页图片的切片方法。

实验内容

1. 翱翔的飞机。
2. 跳跃的小鸟。
3. 网页切片。

操作步骤

1. 翱翔的飞机

思路分析：帧动画是在一段时间内显示的一系列图像帧，每一帧较前一帧都有轻微的变化，当连续、快速地显示这些帧时，就会产生运动或其他变化的错觉。

飞机飞行是一个属于位置变化的动画（即位置移动的动画），可以利用过渡动画实现。就是将飞机放在一个单独层上，然后只需设置起始帧和结束帧，中间的变化过程由添加过渡帧自动生成。

操作步骤如下：

（1）打开"蓝天.jpg"和"飞机.jpg"两图像文件。选择"裁切"工具 ，将"蓝天"图片适当裁切，如图 6-50 所示。

图 6-50　裁切后的"蓝天"图片

（2）选中"飞机"图像，选取工具箱中的"魔棒工具" ，在工具选项栏内设置"容差"为 30，单击飞机图像的背景，如果部分背景没有完全被选中，就按住 Shift 键的同时单击那些没有被选中的背景，将整个飞机的背景图像选取，再选择菜单命令"选择"→"反向"，将飞机选取，如图 6-51 所示，选择菜单命令"编辑"→"拷贝"，将"飞机"图像复制。

图 6-51　"反向"后选取飞机

（3）选中"蓝天"图像，使其作为当前窗口，选择菜单命令"编辑"→"粘贴"，将"飞机"图像粘贴到蓝天上，形成"图层 1"。按 Ctrl+T 组合键，打开"自由变换"，调整飞机大小，调整好后按 Enter 键完成变换。

（4）选择菜单命令"窗口"→"动画"，出现"动画"调板（帧模式）。选中第 1 帧，将"飞机"图片移动到"蓝天"图像的右侧，单击"动画"调板下方的"复制所选帧"按钮 ，得到第 2 帧，选择第 2 帧，在图像窗口将"飞机"移到左侧，此时的动画调板如图 6-52 所示。

图 6-52　动画调板

（5）单击动画调板下方的时间设置，将每帧动画的时间设为 0.2 秒。单击面板下方的"播放"按钮 ，预览动作的效果，此时的动画效果并不好。

（6）为使动画变得流畅，可以添加一些过渡帧。选择第一帧，单击"动画"调板下方的"过渡动画帧"按钮，弹出如图 6-53 所示的"过渡"对话框，插入 10 帧过渡帧，过渡方式选"下一帧"。

图 6-53　"过渡"对话框

（7）单击动画调板下方的"播放"按钮，预览动画，效果如图 6-54 所示。

图 6-54　完成后的动画调板

（8）选择菜单命令"文件"→"存储为 WEB 和设备所用格式…"，在弹出的对话框中选择"GIF"格式，以 4-dh1.gif 为文件名保存。

2．跳跃的小鸟

思路分析：该动画就是利用几个不同的小鸟图层，每一帧显示不同图层内容，从而形成了动画。

操作步骤如下：

（1）打开"小鸟.jpg"的图像文件，如图 6-55 所示。

图 6-55　打开的"小鸟"图片

（2）选择"多边形套索工具"，沿小鸟的轮廓创建选区，按 Ctrl+J 组合键将小鸟复制到"图层 1"。选择"移动工具"将复制的小鸟移动到另一荷叶上，按 Ctrl+T 组合键调整到合适的大小，按 Enter 键确定。图像上就有了一大一小两只小鸟（在不同图层中），如图 6-56 所示。

图 6-56 复制调整后的图像

（3）将复制出的小鸟图层更名为"鸟 1"图层，然后按 Ctrl+J 组合键再复制一层。将复制出的"鸟 1 副本"更名为"鸟 2"图层，选中"鸟 2"图层，选择菜单命令"编辑"→"变换"→"水平翻转"，如图 6-57 所示。

图 6-57 水平翻转后的图像和图层调板

（4）调整好"鸟 2"的角度后，再次按 Ctrl+J 组合键复制出"鸟 2 副本"并更名为"鸟身"。单击取消"鸟 1"和"鸟 2"图层前面的眼睛图标，将"鸟 1"和"鸟 2"层隐藏。隐藏其他图层以便于观看。

（5）选择"多边形套索工具" ，沿着鸟头与身体相交的部分勾选出小鸟的头部。按 Ctrl+X 组合键将小鸟的头部剪切，然后再按 Ctrl+V 组合键粘贴，将该图层命名为"鸟头"，选择"涂抹工具"，在鸟头下方轻轻涂抹（以便下一步与鸟身完美接合）。分离后的"鸟身"、"鸟头"及图层调板如图 6-58 所示。

图 6-58 "鸟头"、"鸟身"图层对应的图像

（6）选择"鸟头"层，选择菜单命令"编辑"→"水平翻转"，再按 Ctrl+T 组合键调整到如下角度，形成小鸟回头看的样子，如图 6-59 所示。

图 6-59　翻转后调整小鸟头部

（7）选择菜单命令"窗口"→"动画"，调出"动画"调板（帧模式）。选择第 1 帧，隐藏其他图层，只显示"鸟 1"和"背景"图层，并将显示时间设为 1 秒。单击"动画"调板下方的"复制帧"按钮，创建第 2 帧，隐藏其他图层，只显示"鸟 2"和"背景"。创建第 3 帧，只显示"鸟头"、"鸟身"和"背景"图层。创建第 4 帧，只显示鸟 2 和背景，并将显示时间设为 2 秒。

（8）单击动画调板下方的"播放"按钮 ▶，预览动画，效果如图 6-60 所示。

图 6-60　完成后的动画调板

（9）选择菜单命令"文件"→"存储为 WEB 格式"，选择"GIF"格式，以 4-dh2.gif 为文件名保存。

3．网页切片

思路分析：当网页中的图片比较大时，用户在浏览网页时，会出现经过长时间的等待网页才显示出来。所以当网页中有较大图片时，最好使用切片工具对图像进行切割，将图像文件切割成多个小图片。每个图像切片都可以为其设置 URL 链接、翻转及动画效果。

操作步骤如下：

（1）打开要作为网站主页的图片文件"主页.jpg"。选择菜单命令"图像"→"图像大小"，将图像宽度修改为 1024 像素。

（2）选择"横排文字工具"T，在工具选项栏内设置字体为黑体，大小为 30，颜色为白色，单击图像输入"点击进入"，选择"移动工具"▶♣，将文字移到网页中间合适的位置，如图 6-61 所示。

（3）选中文字图层，然后选择菜单命令"图层"→"基于图层的切片"，将"点击进入"创建为一切片。

图 6-61　输入文字

（4）选择工具箱中的"切片工具"，然后在图像中多次单击并拖动即可创建其他的切片，如图 6-62 所示。

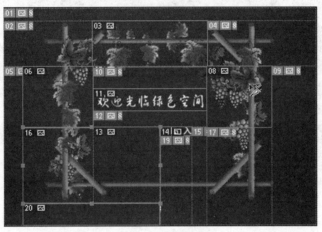

图 6-62　创建的切片

（5）选择工具箱中的"切片选择工具"，在"点击进入"的切片上单击鼠标右键，从弹出的快捷菜单中选择"编辑切片选项"命令，在打开的"切片选项"对话框中设置切片类型、名称、URL、目标等参数，鼠标停留在相应的栏中会出现如图 6-63 所示的提示。

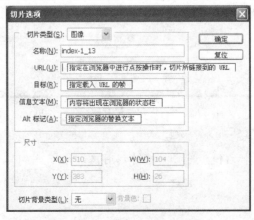

图 6-63　"切片选项"对话框的参数提示

（6）选择菜单命令"文件"→"存储为 WEB 和设备所用格式"，在弹出的如图 6-64 所示的"存储为 Web 和设备所用格式"对话框中选择保存切片的格式等，并可观察和选择图像优化输出效果等。单击"存储为"按钮，弹出如图 6-65 所示的"将优化结果存储为"对话框，保存类型选"HTML 和图像"，保存的结果是一个网页文件和一个名为 images 的文件夹。

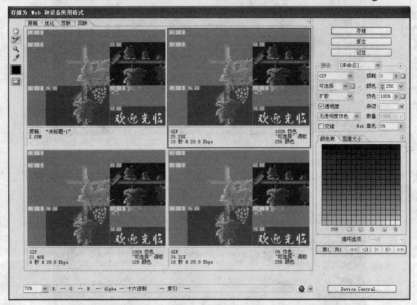

图 6-64 "存储为 Web 和设备所用格式"对话框

图 6-65 "将优化结果存储为"对话框

提示：选择"切片选择工具"，单击"用户切片"可以调整切片的大小。需要调整其他切片时，在该切片上单击鼠标右键，选择"提升到用户切片"，就可以进行调整。

课后练习题

任选素材，创作一幅帧动画（Gif 动态图片）。

第 7 篇　Flash 动画制作

说明：本篇实验中所使用的素材均存放在 C:\intdmt\flash 文件夹中，实验结果保存在 D:\flash_zp 文件夹中。

实验 1　简单动画制作

实验目的

1．掌握基本工具的使用和文件的操作。
2．掌握动作补间和形状补间动画的制作。

实验内容

1．动作补间动画——文字动画。
2．形状补间动画——变形文字。

操作步骤

1．动作补间动画——文字动画

思路分析：动作补间动画可以实现对象的位置移动、大小变化、旋转等，对于引入的元件还可以产生颜色的变化，实现诸如淡入淡出、动态切换画面的变化效果。本动作补间动画就是实现一文字由小变大，再由大变小的效果。

注意：只有元件、图像或组合图形才能创建动作补间动画。

操作步骤如下：

（1）新建一文件，设置舞台大小为 500 像素×500 像素（舞台大小可根据所选图片定）。

（2）选中"图层 1"并更名为"背景"，选择菜单命令"文件"→"导入"→"导入到舞台"，将"家园.jpg"图片导入到舞台，分别选择菜单命令"修改"→"对齐"下的"水平居中"和"垂直居中"，使导入的背景图片与舞台对齐（要先将"相对于舞台分布"选中，对齐命令才有效）。

提示：也可打开"对齐"面板完成上面的对齐操作，对齐后最好锁定"背景"层。

（3）单击时间轴左下方的"插入图层"按钮 🔲，创建一新图层"图层 2"，重命名为"文字"，选择工具箱中的"文字工具" **T**，在下方的属性面板中设置：静态文本，黑体、20pt、白色、加粗、使用设备字体，输入"爱护我们的家"，设置水平中齐。

（4）选中文字，复制并粘贴到当前位置，将粘贴的文字设置成绿色，并按"→"和"↓"方向键各两次，使得绿色文字和下层的白色文字有个错位，形成立体字效果。

（5）选择"选择工具" **↖**，拖动鼠标将两组字框选上，选择菜单命令"修改"→"组合"，将文字组合。

（6）选中第 60 帧，单击鼠标右键，从弹出的快捷菜单中选择"插入关键帧"（或者按 F6 键），插入关键帧。

（7）再选中第 30 帧，插入关键帧，使用"任意变形"工具 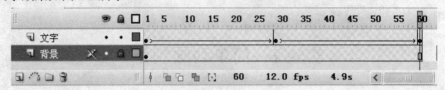，将文字调整大。

（8）分别选 1～30 帧和 31～60 帧之间的任一帧，在下方的属性面板中"补间"选择"动画"。选择"背景"图层的第 60 帧，单击鼠标右键，选择"插入帧"。完成后的时间轴如图 7-1 所示，文字效果如图 7-2 所示。

图 7-1　完成后的时间轴

（9）按 Enter 键预览动画效果，如果没有问题，选择菜单命令"文件"→"另存为"，将动画以 1-1dzbj.fla 为文件名保存原文件。再选择菜单命令"文件"→"导出影片"，将动画以 1-1dzbj.swf 为文件名保存。

提示：在制作此动画时，如果希望文字大小改变的同时，文字颜色也随着改变，或者伴有渐隐效果，可以选中 30 帧或 60 帧的关键帧，单击舞台的文字，在下方属性面板中，用改变"颜色"项的色调或 Alpha 值实现，如图 7-3 所示。

图 7-2　完成的文字动画效果

图 7-3　"颜色"选项

2. 形状补间动画——变形文字

思路分析：在形状补间动画中，对象最初以某一形状出现，随着时间的推移，起初的形状逐渐转变为另外一种形状，并且还可以对形状的位置、大小和颜色产生渐变效果。

注意：形状补间的对象必须是普通图形，当需要对元件、位图或文字等对象进行形状补间时，可连续按 Ctrl+B 组合键，将其打散后，再进行形状补间。

操作步骤如下：

（1）新建一文件，舞台大小为 500 像素×360 像素。选择菜单命令"文件"→"导入"→"导入到舞台"，将"湖水.jpg"图片导入到舞台，选中图片，将下方属性面板中的图片尺寸调整为长 500，宽 360。

（2）单击时间轴下方的"插入图层"按钮 ，创建"图层 2"，选择"椭圆工具" ，在属性面板中设定笔触颜色为黑色，笔触高度为 3，填充颜色为绿色，在"图层 2"上按住 Shift 键绘制一个圆形，如图 7-4 所示。

图 7-4　在"图层 2"绘制一圆形

（3）在第 30 帧处按 F7 键插入空白关键帧。选择工具箱中的"文本工具" **T**，在下方的属性面板中设置：华文琥珀、70pt、蓝色，输入"湖光山色"，分别设置水平中齐和垂直中齐。

（4）选择"选择工具"　，选中文字，执行两次"修改"→"分离"（或按 Ctrl+B 组合键两次），将文字打散，如图 7-5 所示。

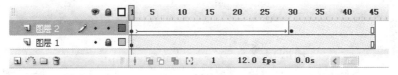

图 7-5　打散后的文字

（5）选中 1～30 帧之间的任一帧，在下方的属性面板中"补间"选择"形状"，然后选择第 45 帧，单击鼠标右键，选择"插入帧"。选择"图层 1"图层的第 45 帧，单击鼠标右键，选择"插入帧"。完成后的时间轴如图 7-6 所示。

图 7-6　完成后的时间轴

（6）按 Ctrl+Enter 组合键预览动画效果，如果没有问题，选择菜单命令"文件"→"导出影片"，将动画以 1-2xzbj.swf 为文件名保存。完成的动画效果如图 7-7 和图 7-8 所示。

图 7-7　第 10 帧处的效果

图 7-8　第 22 帧处的效果

提示：要想让变形的结果依一定的规律变化，可以通过添加形状提示的方法控制变形过程，即在起始帧上和结束帧上的形状中添加相对应的提示点。

课后练习题

制作一个旋转长方形的形状补间动画。

提示：在几个关键帧中分别绘制不同旋转角度的长方形，设置动画后，在对应位置添加形状提示点。

实验2　引导线动画和遮罩动画

实验目的

1．掌握元件和实例的概念及创建方法。
2．掌握引导线动画的制作。
3．理解遮罩的原理。
4．掌握遮罩动画制作。

实验内容

1．引导线动画——飞翔的白鹭。
2．简单遮罩动画——探照灯效果。
3．遮罩动画——卷轴效果。

操作步骤

1．引导线动画——飞翔的白鹭

思路分析：引导线动画是指被引导对象沿着指定路径运动，需要创建一个放置对象运动路径的引导层，被引导层用于放置运动的对象。

注意：引导层必须在被引导层之上，播放动画时引导线是不显示的。

操作步骤如下：

（1）新建一文件，舞台大小为默认值。选择菜单命令"文件"→"导入"→"导入到舞台"，将"美景.jpg"图片导入到舞台，如图7-9所示。

（2）将时间轴的"图层1"重命名为"背景"。选中"背景"层的第50帧，单击鼠标右键，选择"插入帧"。

（3）选择菜单命令"文件"→"导入"→"导入到库"，选择"白鹭.gif"动画图片导入到库（注意：因为是动画图片，不能直接导入到舞台）。单击时间轴下方的"插入图层"按钮 ，插入一新图层，将其重命名为"白鹭"。打开"库"面板，将名为"元件 1"的影片剪辑元件拖入到舞台，如图7-10所示。选择该层的第50帧，单击鼠标右键，选择"插入关键帧"。

图 7-9 导入的背景图片

图 7-10 选择影片剪辑元件

（4）单击时间轴下方的"添加运动引导层"按钮，创建一个运动引导图层。选择"铅笔"工具，将工具箱下方的"铅笔模式"设置为"平滑"，在舞台上绘制一条曲线作为白鹭飞行的路径，选择该层的第 50 帧，单击鼠标右键，选择"插入帧"。

（5）选中工具箱中的"选择工具"，按下选项区的"贴紧至对象"按钮。选中"白鹭"图层的第 1 帧，将鼠标指针移到白鹭图像的中心位置，按住鼠标左键并拖动鼠标，将白鹭图像移至引导线的右端，并使其吸附到曲线的端点上，这是白鹭飞行的起始位置，如图 7-11 所示。

（6）选中"白鹭"图层的第 50 帧，将鼠标指针移到白鹭图像的中心位置，按住鼠标左键并拖动鼠标，将白鹭图像移至引导线的另一端，也就是白鹭飞行结束的位置，如图 7-12 所示。

图 7-11 设置白鹭的起始位置

图 7-12 设置白鹭的终止位置

（7）选择该层第 1 帧～第 50 帧中的任意一帧，单击鼠标右键，从弹出的快捷菜单中选择"创建补间动画"，此时的时间轴如图 7-13 所示。

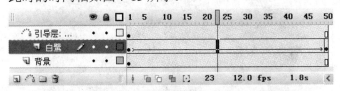
图 7-13 动画的时间轴

（8）按 Ctrl+Enter 组合键预览动画效果，效果如图 7-14 所示。如果没有问题，选择菜单命令"文件"→"导出影片"，将动画以 2-1ydx.swf 为文件名保存。

提示：如果要想使白鹭在按指定路径飞行的同时，飞行角度也随着变化，在属性面板中设置"动画"时，应勾选"调整到路径"选项。

图 7-14　动画的测试画面

2.简单遮罩动画——探照灯效果

思路分析：该动画要利用遮罩来实现。设置两个图层，上边的图层为遮罩层，下面的图层为被遮罩层。遮罩层放置遮罩的形状，被遮罩层放置要显示的图像，通过遮罩层来决定被遮罩层中的显示内容。

操作步骤如下：

（1）新建一文件，舞台大小为 600 像素×300 像素，背景为淡黄色。选择菜单命令"文件"→"导入"→"导入到舞台"，将"清明上河图.jpg"图片导入到舞台，分别进行"水平居中"和"垂直居中"，如图 7-15 所示。

图 7-15　导入的"清明上河图"图片

（2）单击时间轴下方的"插入图层"按钮 ，创建"图层 2"。选择"椭圆工具" ，设定无笔触，填充颜色任意，在"图层 2"第 1 帧上绘制一个圆形，如图 7-16 所示。选中圆形，选择菜单命令"修改"→"转换成元件"，将其转换为图形元件。

图 7-16　在第 1 帧绘制的圆形

（3）选中第 30 帧，插入关键帧，将圆形拖到舞台的右侧。再选中第 60 帧，插入关键帧，将圆形拖到舞台的左侧。分别选择该层第 1～30 帧和 31～60 帧之间的任一帧，在下方的属性面板中"补间"选择"动画"。选择"图层 1"的第 60 帧，单击鼠标右键，选择"插入帧"。

（4）在时间轴的"图层 2"上单击鼠标右键，从弹出的菜单中选择"遮罩层"命令，设置遮罩后，图层自动被锁定，此时的时间轴如图 7-17 所示。

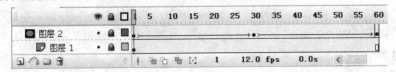

图 7-17　完成后的时间轴

（5）按 Ctrl+Enter 组合键预览动画效果，如果没有问题，再选择菜单命令"文件"→"导出影片"，将动画以 2-2zzdh.swf 为文件名保存，动画效果如图 7-18 所示。

图 7-18　完成后的动画

扩展：为以上动画添加一幅背景图。

单击时间轴下方的"插入图层"按钮，新建"图层 3"，将"图层 3"拖到最底层（注意：一定拖到最底层，不能在遮罩的中间），选择菜单命令"文件"→"导入"→"导入到舞台"，将"上河园.jpg"图片导入到舞台。将动画以 2-3zzdh.swf 为文件名保存，动画效果如图 7-19 所示，此时的时间轴如图 7-20 所示。

图 7-19　添加背景图的效果

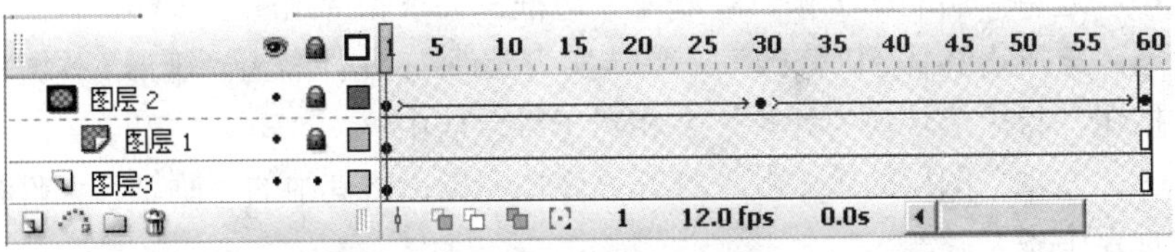

图 7-20　添加背景图后的时间轴

提示：只有遮罩层和被遮罩层同时处于锁定状态时，才会显示遮罩效果。当需要对遮罩层或被遮罩层的内容进行编辑时，可将其锁定解除，编辑完成后再重新将图层锁定。

3．遮罩动画——卷轴效果

思路分析：该动画也是利用遮罩来实现的。需要 4 个图层，左轴图层的左轴始终固定不动，右轴图层的右轴则要随着轴展开和卷起而移动。遮罩层放置遮罩的形状，用以制作卷轴的效果，最下方被遮罩层放置要显示的画卷。

操作步骤如下：

（1）新建一文件，设置舞台大小为 600 像素×260 像素，背景为棕黄色（RGB:FFCC99）。

（2）将"图层 1"重命名为"诗画"。选择菜单命令"文件"→"导入"，将"难得糊涂.jpg"导入到舞台，打开"对齐"面板，分别单击"水平中齐" 品 按钮和"垂直分布居中"按钮 品，使诗画相对于舞台居中，如图 7-21 所示。

（3）选择菜单命令"插入"→"新建元件"，在对话框的名称框中输入"画轴"，类型选择"图形"，确定后，进入元件编辑模式。选择"矩形"工具，设置为无边框，单击调板窗口中的"颜色"按钮，打开"颜色"面板，将颜色类型设为"线性"，颜色设为"黑-白-黑"，如图 7-22 所示。拖画出一矩形，将矩形的大小调整为 20 像素×200 像素，相对与舞台居中，如图 7-23 所示。

图 7-21　导入的"诗画"图片

图 7-22　设置"颜色"面板

（4）单击 场景 1 返回到场景。插入 3 个新图层，分别将 3 个图层更名为"遮罩"、"左轴"和"右轴"，图层的顺序如图 7-24 所示。

图 7-23　绘制的"画轴"元件

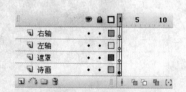

图 7-24　新创建的图层

（5）选中"遮罩"层的第 1 帧，绘制一无边框、大小和诗画图片一样、任意颜色的矩形，然后选中矩形，选择菜单命令"修改"→"转换为元件"，元件名为"矩形"，类型为图形，单击"确定"按钮，将矩形转换为元件，并相对于舞台居中。

（6）选中"左轴"图层的第 1 帧，打开"库"面板，将其中的"画轴"元件拖入到舞台，相对于舞台垂直中齐。

（7）分别选中"诗画"和"左轴"的第 100 帧，单击鼠标右键，选择"插入帧"。

（8）选中"右轴"图层的第 1 帧，将"画轴"元件拖入到舞台，与左轴并列，如图 7-25 所示。

（9）选中"右轴"图层的第 40 帧，按 F6 键插入关键帧，将"右轴"移到"诗画"的右侧，选中 1～40 帧中的任一帧，单击鼠标右键，选择"创建补间动画"。

（10）再选中"右轴"图层的第 60 帧，按 F6 键插入关键帧。接着再选中第 100 帧，将"右轴"层的第 1 帧复制并粘贴到第 100 帧上，选中 60～100 帧中的任一帧，单击鼠标右键，选择"创建补间动画"，设置动画后的右轴图层如图 7-26 所示。

图 7-25　动画第 1 帧的左轴和右轴位置

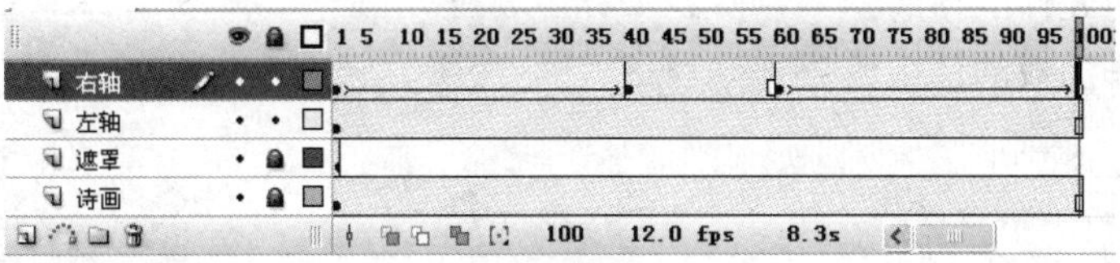

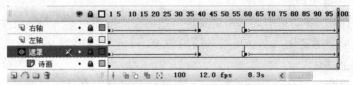

图 7-26　为右轴设置动画

（11）选中"遮罩"层的第 40 帧，插入关键帧，再选中"遮罩"层的第 60 帧，插入关键帧。

（12）选中"遮罩"层的第 1 帧，将矩形的宽度调整为 20 像素。将第 1 帧复制并粘贴到第 100 帧。最后，分别在 1～40 帧和 60～100 之间创建动作补间动画。在"遮罩"层上单击鼠标右键，从弹出的快捷菜单中选择"遮罩层"命令，此时的时间轴如图 7-27 所示。

图 7-27　动画完成的时间轴

（13）按 Ctrl+S 组合键，弹出"另存为"对话框，以 2-3jz.fla 为文件名保存原文件。按 Ctrl+Enter 组合键，系统自动导出影片文件"2-3jz.swf"，并进行测试。测试画面如图 7-28 和图 7-29 所示。

图 7-28　第 20 帧的测试画面

图 7-29　第 40 帧的测试画面

课后练习题

1. 自选素材，制作两层蝴蝶在花丛中飞舞的引导线动画。

提示：在每个蝴蝶图层的上方分别添加运动引导层。

2. 制作一文字遮罩动画。

实验 3 声音和按钮的应用

实验目的

1. 掌握声音插入和编辑的方法。
2. 掌握按钮元件的使用。
3. 熟悉动作面板的使用。

实验内容

1. 在动画中插入声音。
2. 在动画中插入控制按钮。

操作步骤

1. 在动画中插入声音

思路分析：在 Flash 动画中导入声音文件，然后在"编辑封套"对话框中添加并调整控制点，使声音的波形产生变化，制作出淡入淡出效果。

操作步骤如下：

（1）选择菜单命令"文件"→"打开"，打开一个动画原文件（扩展名为.fla 的文件），在此将实验 2 保存的 2-3jz.fla 动画原文件打开。

（2）选择任意一图层，单击时间轴下方的"插入图层"按钮 ，创建一新图层重命名为"音乐"。

（3）选择菜单命令"文件"→"导入"→"导入到库"，然后将一首自己喜欢的 MP3 音乐导入到库中（如果音乐文件太大，可使用"音频转换器"软件适当截取）。选中"音乐"图层的第 1 帧，打开"库"面板，将声音波形拖入到舞台，这时"音乐"图层上就出现了音乐的波形，如图 7-30 所示。

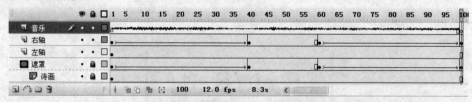

图 7-30 插入音乐图层的时间轴

（4）要编辑声音，可选择音乐图层的第 1 帧，单击下方属性面板中的"编辑"按钮，弹出"编辑封套"对话框，将鼠标移到左声道编辑区中的控制线上，单击鼠标增加一个控制点。选择左声道开始处的控制点向下拖曳，使声音产生"淡出"的效果，同样右声道也设置成"淡出"效果，如图 7-31 所示。

（5）按 Ctrl+S 组合键，以 3-1sy.fla 为文件名保存原文件。按 Ctrl+Enter 组合键，系统自动导出影片文件"3-1sy.swf"，并进行测试。

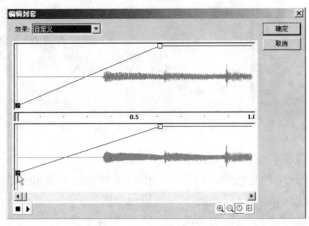

图 7-31　将左右声道设置成"淡出"效果

2．在动画中插入控制按钮

思路分析：按钮是制作交互式动画的基础，可以自己制作，也可以从公用库中导入。此实验利用公用库中提供的按钮，控制动画的播放和停止。使用按钮控制动画的播放，必须事先为动画的第 1 帧添加 stop 命令。

操作步骤如下：

（1）选择菜单命令"文件"→"打开"，打开一个动画原文件，在此将实验 2 保存的 2-3jz.fla 动画原文件打开。

（2）选择任意一图层的第 1 帧，执行菜单命令"窗口"→"动作"（或者按 F9 键），打开"动作"面板，可以看到动作面板的标题显示的是"动作—帧"，表明是给选定的帧添加命令的。选择动作工具箱中的"全局函数"→"时间轴控制"→"stop"命令，双击该命令后，脚本编辑区就添加了 stop 语句（在时间轴的该帧上会出现一个 a 标记），如图 7-32 所示。

图 7-32　将 stop 命令添加到动画第 1 帧上

（3）创建一新图层，重命名为"按钮"。选择菜单命令"窗口"→"公用库"→"按钮"，打开按钮库，任选"播放"和"停止"两个按钮拖入到舞台上。选择"任意变形工具"，调整按钮的大小，放置到舞台的右下方，如图 7-33 所示。

图 7-33   添加的两个按钮

（4）选择"箭头工具"，选中"播放"按钮，选择菜单命令"窗口"→"动作"，打开"动作-按钮"面板（由于选中的是按钮，所以动作面板的标题栏上显示的是"动作-按钮"）。

（5）选择动作面板中的"全局函数"→"影片剪辑控制"→"on"命令，双击后，右侧脚本编辑区中就添加上了"on"语句，同时弹出一个鼠标事件列表，将光标移到括号中，双击列表中的"press"，将其添加到代码中，表示按钮的触发事件为"按下"；再将光标移到大括号中，选择"全局函数"→"时间轴控制"→"play"命令，双击后，脚本编辑区中又添加上了"play"语句，此时的代码如图 7-34 所示。

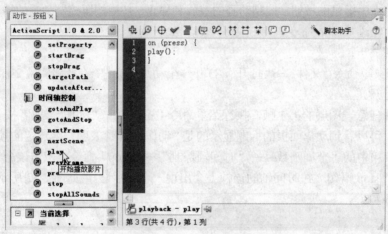

图 7-34   为"播放"按钮添加代码

（6）选中"停止"按钮，选择"全局函数"→"影片剪辑控制"→"on"命令，双击后，右侧脚本编辑区中就添加上了"on"语句，将光标移到括号中，双击鼠标事件列表中的"press"，将其添加到代码中；再将光标移到大括号中，选择"全局函数"→"时间轴控制"→"stop"命令，双击后，脚本编辑区中又添加上了"stop"语句，此时的代码如图 7-35 所示。

（7）按 Ctrl+S 组合键，弹出"另存为"对话框，以 3-2an.fla 为文件名保存原文件。按 Ctrl+Enter 组合键，系统自动导出影片文件"3-2an.swf"，并进行测试。

说明：也可以选中"播放"按钮，直接在脚本编辑区输入如下代码：

on (press)

{play();

}

选中"停止"按钮，在脚本编辑区输入如下代码：

on (press)

{stop();

}

图 7-35 为 "停止" 按钮添加代码

课后练习题

1. 给以上制作的某一小动画添加背景音乐，并使音乐由弱变强，当动画播放完毕时，音乐同时停止。

2. 参考本篇 "综合实验" 中的按钮元件的创建方法，制作 "播放" 和 "暂停" 两个按钮，并用于动画中。

实验 4　动作脚本的应用

实验目的

1. 熟悉动作面板的使用。
2. 掌握使用动作脚本制作动画的方法。

实验内容

1. 设置时间显示动画。
2. 制作吹泡泡动画。

操作步骤

1. 设置时间显示动画

思路分析：创建一个动态文本，即动画播放时可以随时更新的文本。通过对动态文本设置变量，为文本添加脚本，完成显示当前计算机系统的时间和日期。

操作步骤如下：

（1）新建一文件，舞台大小设置为 300 像素×220 像素。

（2）选择菜单命令 "文件" → "导入" → "导入到舞台"，将 "举牌.gif" 图片导入到舞台，并与舞台对齐。

（3）单击时间轴下方的"插入图层"按钮 ，插入一新图层，重命名为"静态文本"，选择"文本工具" ，在属性面板中设置：静态文本、黑体、18pt、蓝色，分别输入"今天是："和"当前时间："，如图 7-36 所示。

图 7-36　输入静态文本

（4）单击"插入图层"按钮 ，插入一新图层，重命名为"动态文本"。选择"文本工具" ，在舞台中创建一个日期文本框，在下方的属性栏内设置文本的属性，"文本类型"选择"动态文本"，拖出一适当的宽度和高度，设置字体为黑体、颜色为深蓝。在"变量"文本框中输入变量名"yeahtext"，然后在文本框中输入"0000-00-00"（提示：这里的"0000-00-00"内容可不输入，输入只是为了掌握文本框的宽度），如图 7-37 所示。

图 7-37　设置日期动态文本

（5）按照以上方法，创建时间动态文本框"00：00：00"，在下方的属性的"变量"文本框中输入"timetext"，其他参数的设置如图 7-38 所示。

（6）单击时间轴下方的"插入图层"按钮 ，插入一新图层，重命名为"代码"。选择菜单命令"窗口"→"动作"，打开"动作-帧"面板，选择该图层的第 1 帧，在其中输入以下代码：

```
time = new Date();          //创建新的日期对象
hour = time.getHours();     //把系统当前的时钟值赋给变量 hour
minute = time.getMinutes(); //把系统当前的分钟值赋给变量 minute
second = time.getSeconds(); //把系统当前的秒值赋给变量 second
milli = int(time.getMilliseconds()/10);
if (minute<10) {            //如果分钟值小于 10，就在前面加一个 0
```

```
minute = "0"+minute;
}
if (second<10) {                          //如果秒值小于 10，就在前面加一个 0
second = "0"+second;
}
if (milli<10) {
milli = "0"+milli;
}
yeahtext = time.getFullYear()+"-"+(time.getMonth()+1)+"-"+time.getDate();
//把系统的日期显示在名为 yeahtext 的动态文本框中
timetext = hour+":"+minute+":"+second+":"+milli;
//把系统的当前时间显示在名为 timetext 的动态文本框中
```

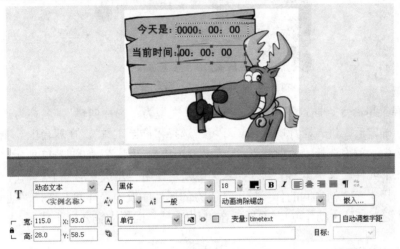

图 7-38　设置时间动态文本

（7）同时选中 3 个图层的第 2 帧，单击鼠标右键，选择"插入帧"。此时的时间轴如图 7-39 所示。

（8）按 Ctrl+S 组合键，弹出"另存为"对话框，以 4-flash1.fla 为文件名保存原文件。按 Ctrl+Enter 组合键，系统自动导出影片文件"4-flash1.swf"，并进行测试。完成的动画效果如 图 7-40 所示。

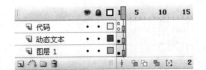

图 7-39　动画完成后的时间轴　　　　　　　　　　　图 7-40　完成的动画效果

2．制作吹泡泡动画

思路分析：首先制作一个由小变大变化泡泡的影片剪辑元件，再将变化泡泡元件用在名为"泡泡"的影片剪辑元件中，并添加脚本，然后为该影片剪辑元件添加一个子链接标识符，以便在动画脚本设置中调用该标识符指定的元件，最后添加相关脚本，完成动画。

操作步骤如下：

（1）新建一文件，舞台大小设置为 640 像素×420 像素。

（2）选择菜单命令"文件"→"导入"→"导入到舞台"，将"吹泡泡.jpg"图片导入到舞台，并与舞台对齐，如图 7-41 所示。

图 7-41　导入的"吹泡泡"图片

（3）选择菜单命令"插入"→"新建元件"，类型为"影片剪辑"，名称为"变化泡泡"的影片剪辑，确定后，进入影片剪辑编辑环境，选择"椭圆工具"，在舞台上绘制一小圆，打开"颜色"面板，类型选择"放射状"，颜色调整为"白-淡蓝"，如图 7-42 所示。选中小圆，将其转换成图形元件。选中第 30 帧，插入关键帧，使用"任意变形"工具 ，将小圆适当调整大些，选择 1～30 帧之间的任一帧，在下方的属性面板中"补间"选择"动画"。选中第 30 帧，按 F9 键，打开"动作-帧"面板，在"动作-帧"面板中输入以下代码：

Stop（）；

（4）单击 场景 1 ，返回到场景。选择菜单命令"插入"→"新建元件"，在弹出的"创建新元件"对话框中，元件类型选择"影片剪辑"，名称输入"泡泡"，单击"高级"按钮，弹出"链接"属性框，选中"链接"后的"为 ActionScript 导出"复选框，然后在"标识符"文本框中输入"qipao"，如图 7-43 所示。

确定后，进入影片剪辑编辑环境，打开"库"面板，将"变化泡泡"影片剪辑拖到舞台上。选中第 1 帧，按 F9 键，打开"动作-影片剪辑"面板（由于选中的对象是一影片剪辑，所以动作面板的标题栏上显示的是"动作-影片剪辑"，表明是给影片剪辑添加命令），在脚本编辑区输入以下代码：

```
onClipEvent (load) {
    a=random(20)-60
    b = random(1.5) + 1;
    c=random(10)+20
}
onClipEvent (enterFrame) {
        this._x +=(a*Math.sin(this._y/c)-this._x)/3
        this._y -=    b;
        this._alpha -= 0.02 ;
```

```
        if (this._alpha == 0) {
            this.unloadMovie();
        }
    }
```

图 7-42 "颜色"面板

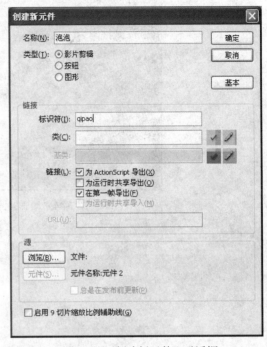

图 7-43 "创建新元件"对话框

（5）单击 场景 1，返回到场景 1。创建一新图层"图层 2"，选中该图层的第 1 帧，选择菜单命令"窗口"→"动作"，打开"动作-帧"面板，在脚本编辑区中输入以下代码：

j = 0;

（6）选中"图层 2"的第 2 帧，按 F6 键插入关键帧，然后在"动作-帧"面板中输入以下代码：

_root.attachMovie("qipao", ("qipao"+j), j);
_root[("qipao"+j)]._xscale = random(100)+60;   //产生泡泡的大小
_root[("qipao"+j)]._yscale = _root[("qipao"+j)]._xscale;   //产生的泡泡是圆形的
_root[("qipao"+j)]._x = 318;   //水平方向泡泡出现的位置
_root[("qipao"+j)]._y = 185;   //垂直方向泡泡出现的位置

（7）选中"图层 2"的第 30 帧，按 F6 键插入关键帧，然后在"动作-帧"面板中输入以下代码：

```
if (j<10) {
        j +=1
    } else {
        j = 0;
}
gotoAndPlay(2);
```

（8）按Ctrl+S组合键，弹出"另存为"对话框，以4-flash2.fla为文件名保存原文件。按Ctrl+Enter组合键，系统自动导出影片文件"4-flash2.swf"，并进行测试。动画的测试画面如图7-44所示，动画完成后的时间轴和库面板如图7-45所示。

图7-44　动画的测试画面

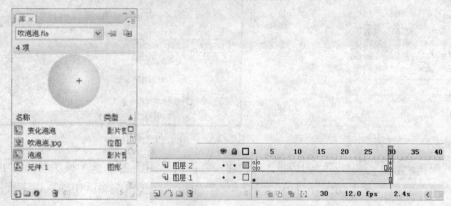

图7-45　动画完成后的库面板和时间轴

综合实验　Flash MV 制作

实验目的

1．了解制作 Flash MV 的一般流程。
2．掌握 Flash MV 制作的基本方法。
3．了解和掌握按钮元件的制作和使用方法。

实验内容

选择一首自己喜爱的 MP3 歌曲，根据歌曲内容收集有关素材，制作成 Flash MV。

操作步骤

具体操作要根据自己所选歌曲去收集素材和设计动画效果。在此以一首成龙演唱的"生死不离"为例，给出 Flash MV 制作的一般步骤，仅供参考。

1．素材准备

（1）音乐素材。制作 Flash MV 的音频文件使用较多的是 mp3 格式和 wav 格式。建议选择 mp3 格式的，因为 mp3 格式的音乐是经过压缩的，文件较小，音质也比较好。

需要注意的是，有的 mp3 格式的音频文件在导入到 Flash 时，会出现"读取文件出现问题，一个或多个文件没有导入"的提示。这是因为选择的音频文件虽然是 mp3 格式，但不是 Flash 支持的 mp3 音频格式，遇到这种情况可以借助第三方软件（如第 9 篇实验 1 的"全能音频转换通"）将其转换为可以导入到 Flash 的 mp3 格式。如果歌曲很长，只需要其中一部分，也可以使用该软件对音频文件进行部分截取后再编辑。

（2）图片素材。收集制作 Flash MV 所需的图片素材，如遇图像文件太大或者需要裁切、编辑的图片，可以事先在 Photoshop 中处理好，也可以在 Flash 中绘制一些元件。

2．制作 Flash MV

（1）新建一文件，设置舞台大小为 550 像素×400 像素，背景为淡灰色，选择菜单命令"文件"→"保存"，先将文件以 6-flashmv.fla 为名保存。

（2）导入音乐。

① 将"图层 1"重命名为"音乐"，选择菜单命令"文件"→"导入到库"，将"生死不离.mp3"导入到库。按 Ctrl+L 组合键，打开"库"面板，选择"生死不离"，将音乐波形拖入到舞台，如图 7-46 所示。

图 7-46　拖动音乐波形到舞台

② 选中"音乐"图层的第 2000 帧，按 F5 键插入普通帧，这时图层上出现音乐波形，如果波形没有结束，再选择 2500 帧，按 F5 键插入帧，如果波形还没有结束，继续插入帧，直到音乐波形消失（此例为 3555 帧）。

③ 选中"音乐"层的第 1 帧，在下方的属性面板中，将"同步"选项设置为"数据流"（这一步很关键，使音乐与动画同步播放），如图 7-47 所示。

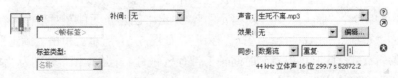

图 7-47　设置音乐属性

（3）标注歌词位置。创建一个新图层，重命名为"歌词标注"。选中第 1 帧，按下 Enter 键播放音乐，当第一句歌词快开始时，立刻按下 Enter 键，音乐会暂停播放，选中红色播放头所在的帧，按 F6 键插入一个关键帧，并在下方的"属性"面板的"帧标记"项中输入第 1 句歌词"生死不离"。接着按下 Enter 键继续，以后每到一句歌词开始时，立刻按下 Enter 键停止播放，按 F6 键插入一关键帧，并在"帧标记"中添加歌词，直到整首歌曲都标注完，如图 7-48 所示。

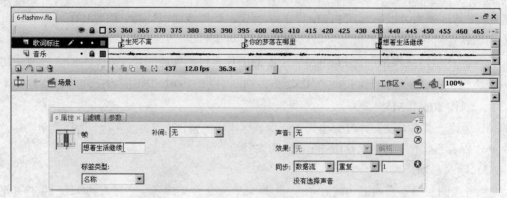

图 7-48　标注的歌词

（4）制作歌词元件。选择菜单命令"插入"→"新建元件"，弹出"创建新元件"对话框，在对话框中输入元件的名称为"1-生死不离"，元件的类型选"图形"，确定后进入元件编辑模式。选择"文本工具"，设置：静态文本、楷体、24pt、红色，输入"生死不离"，对齐在舞台中央，如图 7-49 所示，完成后返回场景 1。用同样的方法将每一句歌词都创建成一个图形元件，完成后的库面板如图 7-50 所示。

图 7-49　制作歌词元件

图 7-50　制作完歌词元件的"库"面板

（5）制作按钮元件（在 Flash MV 播放完后出现一重新播放按钮"replay"）。

① 选择菜单命令"插入"→"新建元件"，弹出"创建新元件"对话框。在对话框中输入元件的名称"重播"，元件的类型选择"按钮"，如图 7-51 所示。单击"确定"按钮后，进入按钮元件编辑模式。此时可以看到时间轴上带有名称的 4 个连续帧，分别为"弹起"、"指针经过"、"按下"和"点击"。

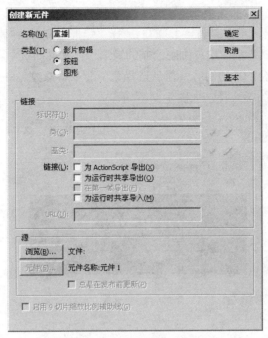

图 7-51 "创建新元件"对话框

② 单击"弹起"帧，该帧为按钮的一般状态。选择"文字工具"，在下方的属性面板中设置：字体 Arial Black、20pt、绿色，输入"replay"，如图 7-52 所示。

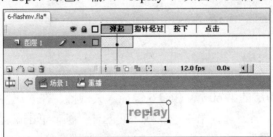

图 7-52 编辑重播按钮的"弹起"帧

③ 单击"鼠标经过"的第 2 帧，然后按 F6 键插入关键帧，此帧为鼠标指针移至按钮时的状态，将此帧的文字选中后，更改为红色。

④ 单击"按下"的第 3 帧，按 F6 键插入关键帧，此帧为按钮被按下时的状态，将此帧的文字选中后，更改为蓝色。制作好的"重播"按钮如图 7-53 所示。

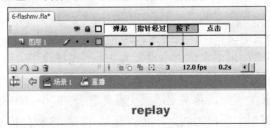

图 7-53 制作好的"重播"按钮

⑤ 单击 场景 1，返回到场景。

（6）制作片头、片中动画。首先是大幕徐徐拉开的效果，然后舞台上出现"片名"，音乐响起，出现画面和歌词，歌曲结束后，出现一"重播"按钮，单击按钮从开始播放。

① 创建一个新图层，重命名为"上幕"。选择"矩形工具"，在舞台上绘制一个黑色无边线矩形。单击"选择工具"后，选择刚刚绘制的矩形，在属性面板中将矩形的宽设为550，高设为 200，让矩形与舞台的顶边对齐。然后选择菜单命令"修改"→"转换为元件"，将矩形转换为名为"幕布"的图形元件，如图 7-54 所示。

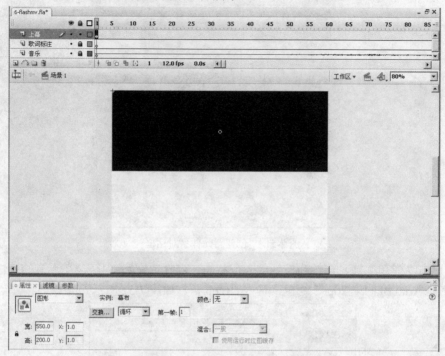

图 7-54　绘制"上幕"的矩形

② 选中"上幕"图层的第 60 帧，按 F6 键插入关键帧，在"属性"面板中将高度值改为60，位置仍与舞台顶边对齐。选择第 1～60 帧之间的任一帧，单击鼠标右键，从弹出的快捷菜单中选择"创建补间动画"。

③ 创建一个新图层，重命名为"下幕"。打开"库"面板，将"幕布"图形元件拖入到舞台，与舞台的底边对齐。

④ 选中"下幕"图层的第 60 帧，按 F6 键插入关键帧，在"属性"面板中将高度值改为60，位置仍与舞台底边对齐。选择第 1～60 帧之间的任一帧，单击鼠标右键，从弹出的快捷菜单中选择"创建补间动画"，完成的拉幕效果如图 7-55 所示。

⑤ 创建一个新图层，重命名为"片名"。在第 16 帧处按 F6 键插入关键帧，选择"文本工具"，在下方的属性面板中设置：华文中宋、50pt、红色，输入片名"生死不离"，设置水平中齐、垂直中齐。再将属性面板中字体大小设置为 20pt，在舞台下方输入"演唱：成龙"和"制作：Guoli（自己的名字）"。使用选择工具同时将两组文本选中，按 F8 键将其转换为图形元件，在第 60 帧处按 F6 键插入关键帧，将文字适当上移，选择第 16～60 帧之间的任一帧，单击鼠标右键，从弹出的快捷菜单中选择"创建补间动画"。在第 85 帧处按 F6 键插入关键帧，在第130 帧处按 F6 键插入关键帧，在下方的属性面板中，将"颜色"下拉列表框中的 Alpha 值调整为 10%，选择第 85～130 帧之间的任一帧，创建补间动画。在第 131 帧处按 F7 键插入空白关键帧，将"片名"图层调整到"上幕"、"下幕"图层的下方，如图 7-56 所示。

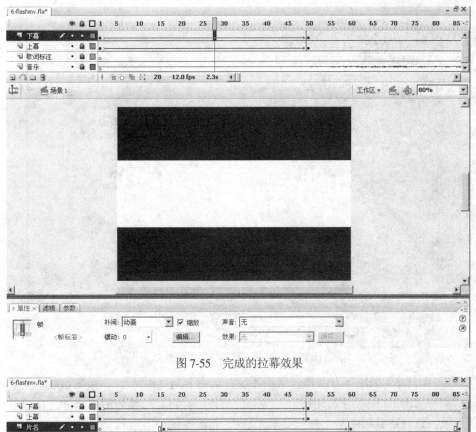

图 7-55　完成的拉幕效果

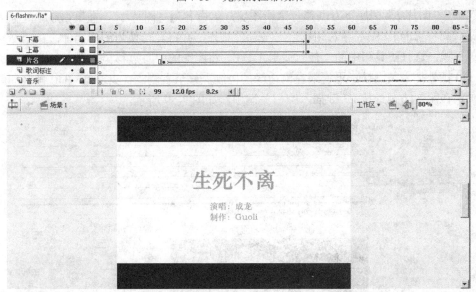

图 7-56　制作完成的片名动画

⑥ 在"片名"图层下方创建一个新图层,重命名为"图片 1"。在第 105 帧处插入关键帧,选择菜单命令"文件"→"导入"→"导入到舞台",将"map.jpg"图片导入到舞台,将其转换为图形元件,并在下方的属性面板中,将"颜色"下拉列表框中的 Alpha 值调整为 10%。在第 140 帧处按 F6 键插入关键帧,Alpha 值调整为 100%,选择第 105~140 帧之间的任一帧,创建动作补间动画。在第 170 帧处按 F6 键插入关键帧,选择"任意变形工具",将图形适当放大,在第 140~170 帧之间创建动作补间动画。在第 240 帧处插入关键帧,在下方的属性面板中,将"颜色"下拉列表框中的 Alpha 值调整为 20%,在第 170~240 帧之间创建补间动画。在第 241 帧处按 F7 键插入空白关键帧,如图 7-57 所示。

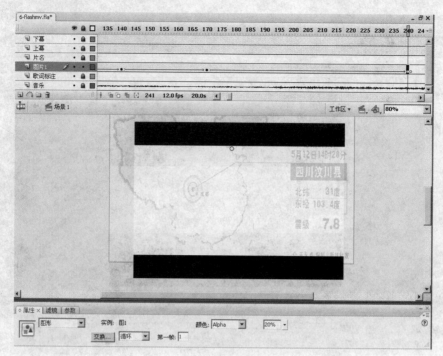

图 7-57　制作"图片 1"层的动画

⑦ 在"图片 1"图层下方创建一个新图层,重命名为"图片 2"。在第 200 帧处插入关键帧,将"图片_2.jpg"图片导入到舞台,与舞台对齐,并将其转换为图形元件,在第 260 帧处插入关键帧。选择工具箱中的"任意变形工具",将图形的中心点移至右侧,如图 7-58 所示。在第 340 帧处插入关键帧,再将最左侧边缘的控制点移至右侧,在第 260～340 帧之间创建补间动画,在第 341 帧处按 F7 键插入空白关键帧,如图 7-59 所示。

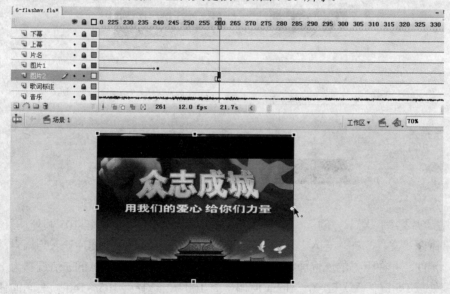

图 7-58　移动中心点位置

⑧ 在"图片 2"图层下方创建一个新图层,重命名为"图片 3",在第 260 帧处插入关键帧,将"图片_3.jpg"图片导入到舞台,并按照自己的想法设置动画。再将"图片_4jpg"、"图片_5.jpg"……,分别导入设置动画效果。

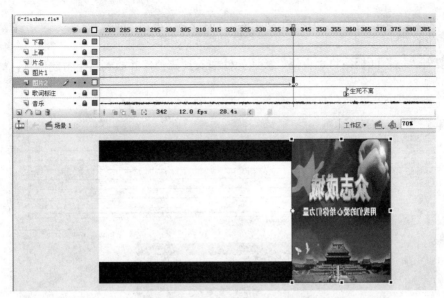

图 7-59 制作"图片 2"层的动画

⑨ 创建一个新图层，重命名为"歌词"。在标记第 1 句歌词开始的位置，按 F6 键插入关键帧，打开"库"面板，将第 1 句歌词元件拖入到舞台的下方，在第 388 帧（第 1 句歌词结束的位置）按 F7 键插入空白关键帧。然后依次将第 2 句、第 3 句……的歌词都添加进来，如图 7-60 所示。

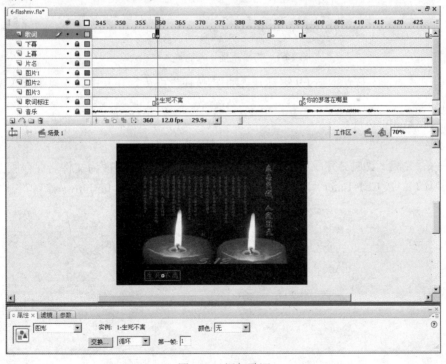

图 7-60 添加歌词

（7）制作片尾。

① 创建一个新图层，重命名为"片尾"。选择该图层的第 3555 帧，按 F6 键插入关键帧，将"片尾.jpg"图片导入到舞台，选择"任意变形工具"，将其调整好大小、位置，并转换为图

形元件。再按 F9 键，打开"动作-帧"面板，在其中输入以下代码：

    stop ( );

② 打开"库"面板，将"重播"按钮元件拖入到舞台，并放到右下方的位置，如图 7-61 所示。

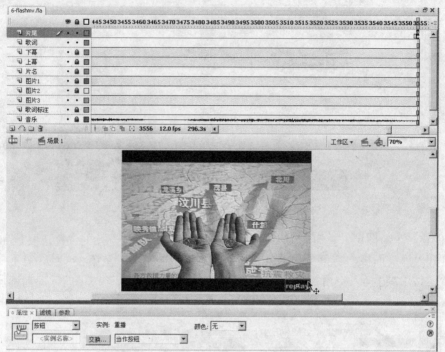

图 7-61 将"重播"按钮拖入舞台

③ 选中"重播"按钮，按 F9 键打开"动作-按钮"面板，在其中输入以下代码：

```
on (press) {
    gotoAndPlay(1);
}
```

（8）保存、测试动画。完成后按 Ctrl+S 组合键，以 6-flashmv.fla 为文件名保存原文件（以便于今后修改）。按 Ctrl+Enter 组合键，系统自动导出影片文件"6-flashmv.swf"，并进行测试。

第 8 篇　Premiere Pro 视频编辑

说明：本篇实验中所使用的素材均存放在 C:\intdmt\premi 文件夹中，实验结果保存在 D:\Video 文件夹中。

实验 1　Premiere Pro 的基本操作

Premiere Pro 是由 Adobe 公司推出的专业化非线性的视频制作和编辑软件，使用它可以编辑和观看多种格式的视频文件。

实验目的

1．掌握项目的创建操作。
2．掌握素材的编辑、组合、剪切。
3．掌握字幕的制作和添加。
4．掌握声音的添加和处理。
5．掌握影片的导出的操作。

实验内容

制作一辑带有字幕、音乐的影片剪辑。完成后以 video_1.avi 为文件名保存在 Video 的文件夹中。

操作步骤

在 D 盘新建名为 Video 的文件夹。

1．建立项目

启动 Premiere Pro CS3，出现如图 8-1 所示的欢迎窗口，单击"新建项目"的图标选项，在如图 8-2 所示的"新建项目"对话框中，选择"自定义设置"选项卡，在"常规"选项中选择"编辑模式"为"DV PAL"，"时间基准"为"25.00Frames/second"；在"视频"选项中设置画幅大小为宽 720，高 576；其他为默认值。在保存位置和名称处设置项目名称为 Video_1.project，保存在 D 盘 Video 的文件夹中，设置完毕后，单击"确定"按钮，进入环境编辑界面。

2．导入素材

（1）进入环境编辑工作界面后，在如图 8-3 所示的"项目"窗口中，双击空白区域，或者选择菜单命令"文件"→"导入"，将 garden.mpg、蝴蝶泉边.mp3 导入到素材库中。

（2）将 garden.mpg 拖到时间线的"视频 1"轨道，这时不但在视频 1 轨道显示了有视频素材，在音频 4 也产生了一个声音素材。在时间线窗口中，视频素材可以移动到其他的视频轨道上，但音频素材是不能随便移动的，主要的原因为该声音是单声道的，而默认的声频 1、声频 2 和声频 3 都是立体声的。

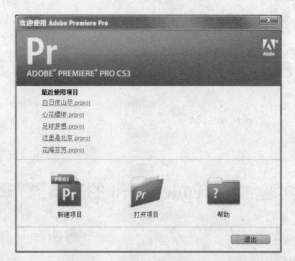

图 8-1　Adobe Premiere Pro 欢迎窗口

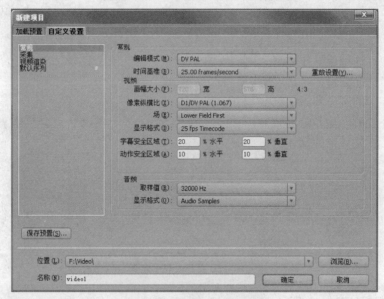

图 8-2　"新建项目"对话框

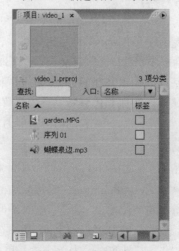

图 8-3　"项目"窗口

3．使用时间线窗口编辑素材

（1）在"时间线"窗口，单击选择工具按钮 ，将视频 1 轨道上的素材 garden.mpg 拖放到时间线起点处，与时间轴的起点对齐。然后单击"设置显示风格"按钮 ，选择视频显示风格为"显示全部帧"，如图 8-4 所示。

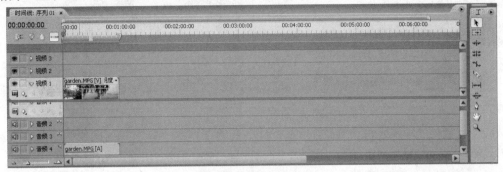

图 8-4　"时间线"窗口

（2）单击"放大"按钮 ，可以放大时间线的显示比例，如图 8-5 所示。

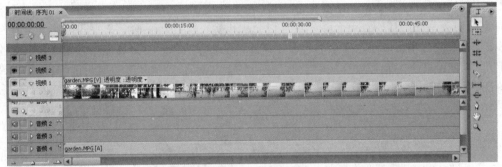

图 8-5　调整时间线显示比例

（3）在时间线上选择 00:00:30 处，单击"设置入点"按钮 ，在该处设置入点；选择 00:00:53 处，单击"设置出点"按钮 ，在该处设置出点，如图 8-6 所示。单击"提取"按钮 ，可将 00:00:30～00:00:53 之间的素材删除，并将 00:00:55 后的素材紧接 00:00:30 之后。

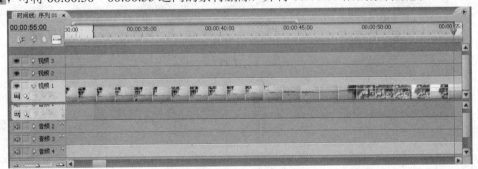

图 8-6　在时间线上设置"入点"和"出点"的窗口

（4）选择"只显示开头"的视频显示风格，即可看到两段视频对接的情形，如图 8-7 所示。

4．声音素材的删除和添加

（1）选中音频 4 上的声音素材，是录像时的声音，伴有环境的噪声，故需删除。单击右键，选择清除，将声音素材删除（如果在选择声音素材时视频素材也同时被选中，就单击"视频和音频链接"按钮,将视频和声音的链接去掉即可)。

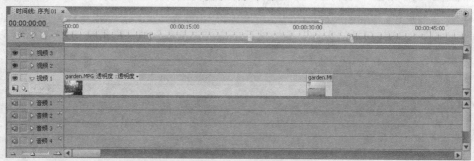

图 8-7　只显示开头的窗口

（2）将素材"蝴蝶泉边.mp3"拖到时间线的音频 1 轨道上,并与时间线的起点对齐。单击工具箱中的"剃刀"按钮 ,用剃刀工具可以将多余的素材切割,然后删除。

5.字幕的添加

选择菜单命令"字幕"→"新建字幕",选择"默认滚动字幕",输入滚动字幕的名称,单击"确定"按钮,即可弹出设置字幕的窗口,设置字体为 STXingkai、样式为 Regular、字号为 80,对齐方式为居中;填充颜色等可以自己设定,设置好后输入文字即可建立字幕,如图 8-8 所示。同样也可以输入文字后再设置格式。建立好字幕后将字幕拖到时间线视频 2 的轨道上,并与时间线上的起点对齐,播放即可看到字幕的效果。字幕的背景既可选择视频为背景,也可选择不以视频为背景。

图 8-8　新建"字幕"窗口

6.影片的导出

选择菜单命令"文件"→"导出"→"影片",单击"设置"按钮,选择"视频",设置压缩和色彩深度如图 8-9 所示,单击"确定"按钮,将影片以 lake.avi 为文件名保存到 Video 文件夹中。

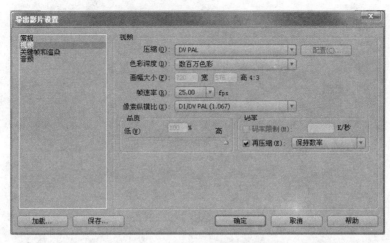

图 8-9 "导出影片设置"窗口

实验 2 电子相册的制作

实验目的

1. 掌握素材的管理方式。
2. 掌握视频切换效果的设置。
3. 掌握声音素材的编辑和设置。

实验内容

制作一辑动态翻页的电子相册,并给相册配上音乐。

操作步骤

1. 建立项目

启动 Premiere Pro CS3,单击"新建项目"的图标选项,在如图 8-10 所示的"新建项目"对话框中,选择"自定义设置"选项卡,在"常规"选项中选择"编辑模式"为"DV PAL","时间基准"为"25.00 帧/秒";在"视频"选项中设置画幅大小为宽 720,高 576;场设置为"无场(逐行扫描)",其他为默认值。在保存位置和名称处设置项目名称为 video_2.project,保存在 D 盘的 Video 文件夹中,设置完毕后,单击"确定"按钮,进入环境编辑界面。

2. 导入素材

在"项目"窗口中新建图片和音乐的文件夹,用于存放用到的图片和音乐素材。选择菜单命令"文件"→"导入",将图片素材导入到项目的图片文件夹中,音乐导入到音乐的文件夹中,如图 8-11 所示。

3. 制作相册封面

(1)将图片文件夹中的图片"背景.jpg",拖到时间线"视频 1"的轨道上,单击右键,选择"画面大小与当前画幅比例适配"。

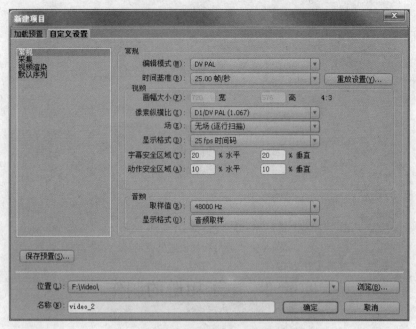

图 8-10 "新建项目"对话框

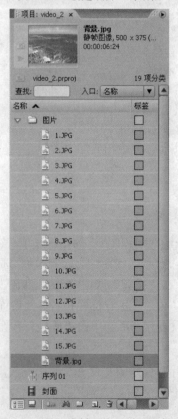

图 8-11 导入素材后的"项目"窗口

（2）新建一名为"封面"的滚动字幕文件，输入文字，滚动选项的设置如图 8-12 所示，设置好字体、样式、大小、描边、阴影等属性。完成后拖放到"视频 2"的轨道上。

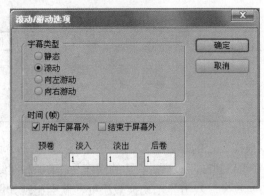

图 8-12 "滚动/游动选项"对话框

（3）将以上两个素材在时间线上的显示时间延长到 10 秒。

4．素材处理

将图片文件夹中的文件依次拖放到时间线的"视频 1"轨道上，如图 8-13 所示。如果出现图片的大小和画幅的大小不符，则选中该图片，单击右键，选择"画面大小与当前画幅比例适配"即可调整到图片完全显示。

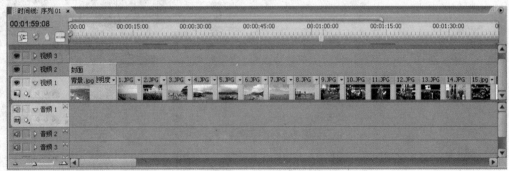

图 8-13 将图片素材导入后的"时间线"窗口

5．分别给每张图片添加切换效果

单击"效果"选项，选择"视频切换效果"，将选中的效果拖放到时间线两张图片之间，设置完毕后即可看到时间线的绿线上有红色的标记，说明在这个位置上设置了效果，如图 8-14 所示。

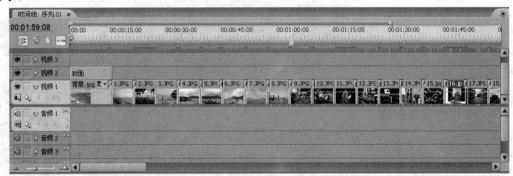

图 8-14 添加视频切换效果的"时间线"窗口

表 8-1 列出了该相册设置的视频切换效果。

表 8-1　相册中图片的切换效果

1-2	2-3	3-4	4-5	5-6	6-7	7-8	8-9	9-10	10-11	11-12	12-13	13-14	14-15	15-16	16-17
卡片翻转	卷页	中心卷页	滚离	棋盘	契形擦除	涂料飞溅	渐变擦除	百叶窗	纸风车	螺旋盒	随机块	缩放盒	缩放拖尾	缩放	中心聚合

视频的切换效果可以根据自己的喜好设置，不必完全按照上面介绍的设置。

此外，各种切换效果还可以进一步设置，具体的操作是：增加时间线显示的比例，如图 8-15 所示，可以看到设置的切换效果，双击显示切换效果处，就会出现如图 8-16 所示的"效果控制"对话框，在此对话框中可设置切换效果持续的时间、校准点、开始和结束的时间等。

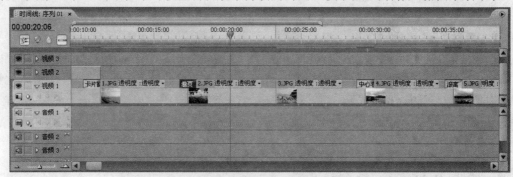

图 8-15　增加时间线显示比例后的"时间线"窗口

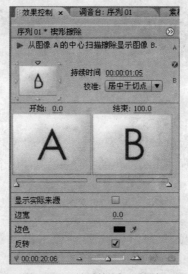

图 8-16　"效果控制"对话框

6．给相册设置封底

新建一名为"封底"的滚动字幕文件，设置文字的格式并输入文字，如图 8-17 所示。完成后将"封底"拖到"视频 2"轨道上，结束点与"视频 1"轨道上的最后一张图片对齐。

7．给相册添加音乐，并设置效果

（1）将音乐 bg.wma 导入到"音频 1"轨道上，在时间线 00:01:00 处用剃刀将后面的音乐删除，再将 3.mp3 导入到"音频 1"的轨道上，与 bg.wma 结束处对接，同样用剃刀将结尾后面的音乐删除。

图 8-17　"封底"字幕设置窗口

（2）单击"效果"按钮，选择"音频切换效果"，将"恒定放大"效果拖放到两音乐素材对接处，设置音频的过渡效果。同样，调出"效果控制"菜单，可以对音频的切换效果做进一步的设置。

8．输出影片

选择菜单命令"文件"→"导出"→"影片"，单击"设置"按钮，选择"视频"，设置压缩和色彩深度，单击"确定"按钮，将影片以 photo.avi 为文件名保存到 Video 文件夹中。

课后练习题

1．导入一个 MPGE 文件，用它的视频，另外加入音乐，并输出为 AVI 文件。

2．给实验 1 制作的影片加上水平滚动字幕作为片头。

3．合成两段素材：一段是小狗在跑的片断，另一段是草地，试着让小狗在草地上奔跑。

第9篇　常用多媒体软件

说明：本篇实验中所使用的素材均存放在 C:\intdmt\dmtsy 文件夹中，实验结果保存在 D:\dmtrj 文件夹中。

实验1　多媒体数据格式转换

随着多媒体技术逐渐普及深入，也就出现了多媒体数据格式的转换需求问题。在制作网页或多媒体作品时，经常需要将一种格式的多媒体文件转换成另一种格式的文件，本实验主要是进行音频格式和视频格式文件的转换。

实验目的

1．掌握各种音频格式文件的转换方法。
2．掌握各种视频格式文件的转换方法。
3．掌握音频与视频格式文件的转换方法。
4．熟悉各种媒体转换软件的功能和操作。

实验内容

1．Format Factory-格式工厂（万能音频视频格式转换器）

（1）启动 Format Factory 并设置转换文件存放路径为 D:\dmtrj。
（2）将"晚秋.mp3"文件格式分别转换成 wma 和 m4a 格式。
（3）将"laoh.avi"文件格式分别转换成 mp4 和 mpg 格式。
（4）将"送别.swf"文件格式转换成 mp3 格式。

2．全能音频转换通

（1）将"晚秋.mp3"文件格式转换成 wma 格式，转换后文件名加后缀(1)，以区别格式工厂的转换，如"晚秋(1).wma"，下同。
（2）将"laoh.avi"文件格式转换成 mp3 格式。
（3）将"为爱痴狂.wma"和"再回到从前.mp3"文件进行合并转换，转换后生成.wma 格式文件。

3．视频转换大师（WinMPG Video Convert）

（1）将"zc.mpg"文件格式转换成 avi(divx)格式。
（2）将"laoh.avi"文件格式转换成 mov 格式。

4．千千静听（TTPlayer 5.3Beta）

将"晚秋.mp3"文件格式转换成"晚秋(2).wma"格式。

操作步骤

1. Format Factory-格式工厂（万能音频视频格式转换器）

（1）启动 Format Factory 并设置转换文件存放路径为 D:\dmtrj。

① 双击桌面快捷图标 ，或执行"FormatFactory.exe"文件，出现如图 9-1 所示的"格式工厂"主窗口。

图 9-1 "格式工厂"主窗口

② 转换的格式分为五大类，分别是：视频格式转换，音频格式转换，图片格式转换，移动设备，光驱设备。而这五大类里面又分为多种不同的格式，其转换的方法都是一样的。

③ 进入主界面以后，默认的是视频转换方式。在转换之前，先设置转换后文件保存的路径。单击界面上方的"选项"图标 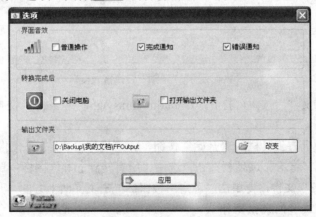，打开如图 9-2 所示的"选项"窗口。

图 9-2 "选项"窗口

④ 单击"改变"按钮，打开"浏览文件夹"窗口，选中 D:\dmtrj，单击"确定"按钮，如图 9-3 所示。单击"应用"按钮，返回主界面。

图 9-3 "浏览文件夹"窗口

（2）将"晚秋.mp3"文件格式转换成 wma 和 m4a 格式。

① 选择主界面左边的"音频"选项栏按钮，出现如图 9-4 所示的"音频"转换格式窗口，单击"所有转到 wma"图标。

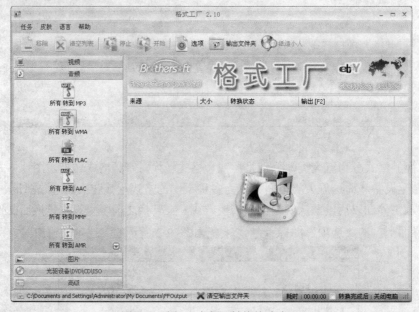

图 9-4　选择"音频"转换格式窗口

② 单击"添加文件"按钮，打开"C:\intdmt\dmtsy\gh\晚秋.mp3"文件，再单击"确定"按钮，如图 9-5 所示。

③ 单击主界面上方工具栏的"开始"按钮，即可进行格式转换，如图 9-6 所示。

④ 同理，单击"音频"选项栏按钮，选中"所有转到 m4a"图标；单击"添加文件"按钮，打开"晚秋.mp3"文件，再单击"确定"按钮；单击主界面上方的"开始"按钮，即可将"晚秋.mp3"文件格式转换成 m4a 格式。

（3）将"laoh.avi"视频格式文件转换成 mp4 和 mpg 格式文件。

① 单击主界面左边的"视频"选项栏按钮，再单击"所有转到 mp4"图标。

② 单击"添加文件"按钮，打开"laoh.avi"文件，单击"确定"按钮。

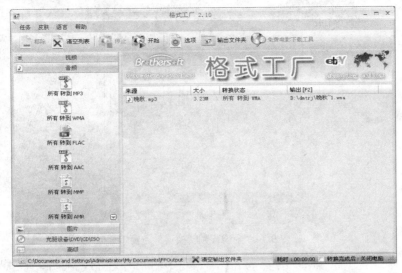

图 9-5 "音频"转换格式窗口

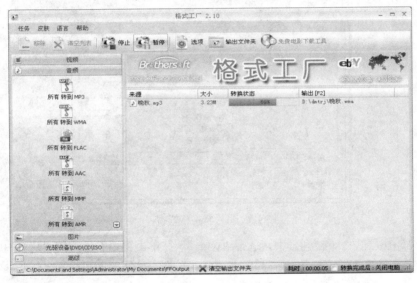

图 9-6 "格式工厂"操作窗口

③ 单击主界面上方的"开始"按钮，即可进行格式转换。

④ 同理，单击主界面左边的"视频"选项栏中的"所有转到 MPG"图标，单击"添加文件"按钮，打开"laoh.avi"文件，单击"确定"按钮。单击主界面上方的"开始"按钮，即可将原文件格式转换成.MPG 格式。

（4）将"送别.swf"动画格式文件转换成 mp3 格式文件。

① 单击主界面左边的"音频"选项栏按钮，再单击"所有转到 MP3"图标。

② 单击"添加文件"按钮，打开"Flash\送别.swf"文件，再单击"确定"按钮。

③ 单击主界面上方的"开始"按钮，即可进行格式转换。

2. 全能音频转换通

（1）将"晚秋.mp3"文件格式转换成 wma 格式。

① 双击桌面图标 ![icon]，启动"全能音频转换通"，出现如图 9-7 所示的主窗口。

图 9-7 "全能音频转换通"主窗口

② 单击窗口上方的"添加文件"按钮,将素材中的"晚秋.mp3"打开,单击"批量转换"按钮,出现输出格式选择窗口,如图 9-8 所示。

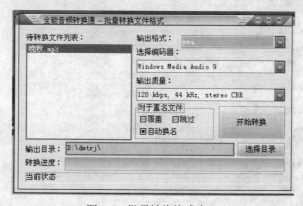

图 9-8 批量转换格式窗口

③ 在"输出格式"下拉列表中,选择"wma",并单击窗口右下方的"选择目录"按钮,选择转换文件的存放目录"D:\dmtrj",单击"开始转换"按钮,即可转换。

(2)将"laoh.avi"文件格式分别转换成 mp3 格式,方法同上,略。

(3)将"为爱痴狂.wma"和"再回到从前.mp3"文件进行合并转换,转换后生成.wma 格式文件。

① 启动"全能音频转换通"后,单击界面上方的"添加文件"按钮,将"为爱痴狂.wma"和"再回到从前.mp3"打开,单击"合并转换"按钮。

② 在"输出格式"下拉列表框中,选择"wma",再单击窗口右下方的"保存并开始转换"按钮,选择转换文件的存放位置和文件名,即可开始合并转换。

3. 视频转换大师(WinMPG Video Convert)

(1)将"zc.mpg"文件格式转换成 avi(divx)格式。

① 双击桌面上的 快捷图标,或执行"WinMPGVideoConvert.exe"文件,出现如图 9-9 所示的"视频转换大师"主窗口。

② 单击窗口中的"更多…"按钮,进入更多格式转换选择窗口,如图 9-10 所示。

图 9-9 "视频转换大师"主窗口

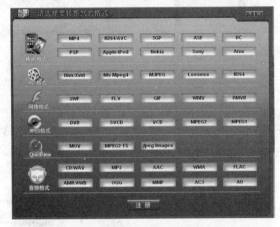

图 9-10 格式转换选择窗口

③ 单击"Avi 格式"栏中的"Divx/Xvid"按钮，出现如图 9-11 所示的设置窗口，单击源文件栏右边的"打开"按钮，打开要转换格式的源文件"C:\intdmt\dmtsy\DVD\zc.mpg"，单击目标文件夹右边的"打开"按钮，选择保存文件的目录"D:\dmtrj"后，单击"转换"按钮，开始文件格式转换。

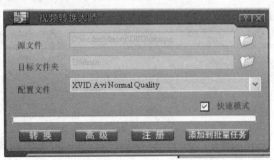

图 9-11 视频转换设置窗口

（2）将"laoh.avi"文件格式转换成 mov 格式。

① 在如图 9-10 所示的格式转换选择窗口中，单击"MOV"按钮，选择要转换的文件格式.mov。

② 在如图 9-11 所示的转换设置窗口中，单击源文件栏右边的"打开"按钮，打开要转换格式的源文件"C:\intdmt\dmtsy\avi\laoh.avi"，单击目标文件夹右边的"打开"按钮，选择保存文件的目录后，单击"转换"按钮，开始转换。

4．千千静听-TTPlayer 5.3Beta

将 mp3 文件格式转换成 wma 格式。

（1）双击桌面"千千静听"的快捷方式图标，启动"千千静听"，出现如图 9-12 所示的"千千静听"主窗口。

（2）单击窗口右下方的"PL"按钮，打开"播放列表"窗口，如图 9-13 所示。

图 9-12 "千千静听"主窗口

图 9-13 "播放列表"窗口

（3）在"播放列表"窗口中单击鼠标右键，从弹出的快捷菜单中选择"添加"→"文件"，如图 9-14 所示，选择"晚秋.mp3"添加，并播放。

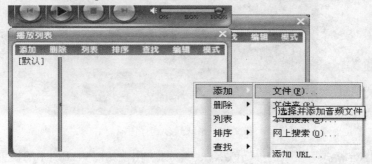

图 9-14 添加文件窗口

（4）鼠标指向播放列表中的文件名，单击鼠标右键，从弹出的快捷菜单中选择"转换格式…"命令，弹出"转换格式"窗口，在"输出格式"下拉列表中选择"wma"，在目标文件夹栏中选择存放目录"D:\dmtrj"，如图 9-15 所示，再单击"立即转换"按钮，完成格式转换。

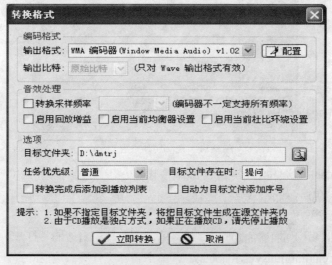

图 9-15 "转换格式"窗口

实验 2　多媒体数据的截取

本实验主要是进行音频格式和视频格式文件的截取转换操作。

实验目的

1. 掌握各种音频格式文件的截取方法。
2. 掌握各种视频格式文件的截取方法。
3. 掌握视频画面的截获方法。

实验内容

1. 用全能音频转换通截取音频文件

（1）将"梦里水乡.wma"进行截取转换，从原歌曲中间任意截取一段保存，文件格式转换为 mp3。

（2）将"再回到从前.mp3"进行截取转换，从原歌曲中间任意截取一段保存，文件格式转换为 wma。

2. 用视频转换大师（**WinMPG Video Convert**）截取视频文件

（1）将"dizou.avi"进行截取转换，从视频中间任意截取一段保存，文件格式不变。

（2）将"zc.mpg"进行截取转换，从视频中间任意截取一段保存，文件格式不变。

操作步骤

1. 用全能音频转换通截取音频文件

（1）将"梦里水乡.wma"进行截取转换，从原歌曲中间任意截取一段保存，文件格式转换为 mp3。

① 启动"全能音频转换通"后，用鼠标单击界面上方的"添加文件"按钮，将"C:\intdmt\dmtsy\gh\梦里水乡.wma"源文件打开并选中，用鼠标单击"截取转换"按钮，出现如图 9-16 的截取转换窗口。

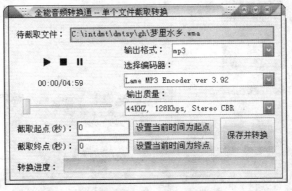

图 9-16　文件截取转换窗口

② 在输出格式下拉列表中选择 mp3，用鼠标单击播放按钮▶，开始播放歌曲，在你认为是截取开始时，单击"设置当前时间为起点"按钮，当你确定是截取结尾时，单击"设置当前时间为终点"按钮，如图 9-17 所示。

③ 单击"保存并转换"按钮，在另存为对话窗口中选择文件保存路径"D:\Dmtrj"，并输入文件名"梦里水乡 2"，以 mp3 格式保存。

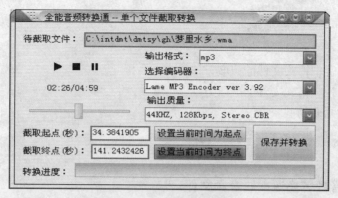

图 9-17　进行截取转换窗口

（2）将"再回到从前.mp3"进行截取并转换为"wma"格式。方法同上，略。

2．用视频转换大师（WinMPG Video Convert）截取视频文件

（1）将"dizou.avi"进行截取转换，从视频中间任意截取一段保存，文件格式不变。

① 用鼠标双击桌面上的 快捷图标，启动视频转换大师，出现如图9-9所示的主窗口。

② 单击窗口中的"更多…"按钮，进入更多格式转换选择窗口，如图9-10所示。

③ 单击"Avi格式"栏中的"Divx/Xvid"按钮，出现如图9-11所示的设置窗口，单击源文件栏右边的"打开"按钮，打开需要转换格式的源文件"C:\intdmt\dmtsy\avi\dizou.avi"，单击目标文件夹右边的"打开"按钮，选择保存文件的路径。

④ 单击窗口下方的"高级"按钮，进入"视频转换大师高级设置"窗口，如图9-18所示。单击窗口左边的播放按钮，在你认为是截取开始时，单击"开始时间"栏右边的"截取"按钮，在你认为是截取结尾时，单击"结束时间"栏右边的"截取"按钮，再单击"确定"按钮退出该设置窗口，返回如图9-11所示的窗口，用鼠标单击"转换"按钮，即可开始转换截取。

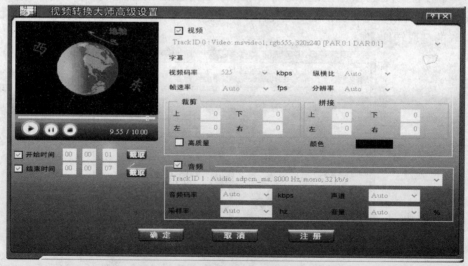

图 9-18　"视频转换大师高级设置"窗口

（2）将"zc.mpg"进行截取转换，从视频中间任意截取一段保存，文件格式不变。方法同上，略。

实验 3　用会声会影编辑合成多媒体数据

本实验主要是进行各种格式文件的合成编辑。

实验目的

1. 掌握用会声会影编辑音频文件的方法。
2. 掌握用会声会影编辑视频文件的方法。
3. 掌握各种格式文件混合合成的方法。

实验内容

1. 将"等一分钟.wma"和"再回到从前.mp3"两个音频文件各任截取一段，连接成一个新的文件，以文件名 yp.wma 保存。

2. 将"laoh.mpg"和"v1.avi"两个视频文件连接组成一个新文件，并加载字幕"动物世界"，以文件名 sp.mpg 保存。

3. 编辑个人相册，加字幕和背景音乐。

操作步骤

1. 将"等一分钟.wma"和"再回到从前.mp3"两个音频文件各任截取一段，连接成一个新的文件，以文件名 yp.wma 保存。

（1）双击桌面上的 ![icon] 快捷图标，启动会声会影，出现如图 9-19 所示的启动界面。

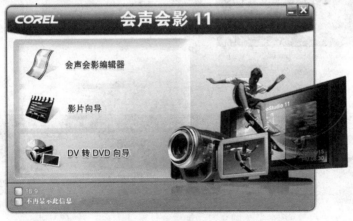

图 9-19　会声会影启动界面

（2）单击"会声会影编辑器"图标，进入"会声会影编辑器"窗口，如图 9-20 所示。

（3）单击窗口上方的"音频"选项卡。然后再单击窗口左上方的"加载音频"按钮 📁，将"等一分钟.wma"和"再回到重前.mp3"两个音频文件加载进来，如图 9-21 所示。

（4）先将窗口上方的"等一分钟.wma"图标拖到窗口下方的"音频轨"的起始位置，单击"播放"按钮，在适当时间单击"结束"按钮，如图 9-22 所示。

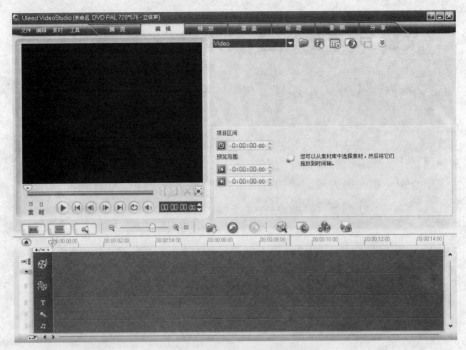

图 9-20　会声会影编辑器窗口

图 9-21　加载音频窗口

（5）再将窗口上方的"再回到从前.mp3"图标拖到窗口下方的"音频轨"上，接在前一首歌截取位置的后面，单击"播放"按钮，播放第二首歌，在适当时间单击"结束"按钮 ］，截取第二首歌。

（6）单击窗口上方的"分享"选项卡，再单击窗口中间的"创建声音文件"图标，在"创建声音文件"对话框中，选择保存位置为 D:\dmtrj，文件名为 yp.wav，如图 9-23 所示。

120

图 9-22　音频编辑窗口

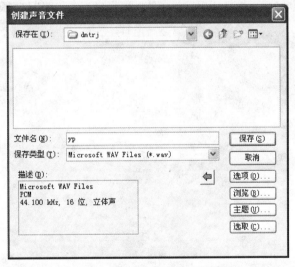

图 9-23　"创建声音文件"对话框

2．将"laoh.avi"和"v1.mpg"两个视频文件连接组成一个新文件，并加载字幕"动物世界"，以文件名 sp.mpg 保存。

（1）单击窗口的"画廊"下拉列表，在列表中选择"Video"视频，单击窗口左上方的"加载视频"按钮，将"laoh.avi"和"v1.mpg"文件添加进素材面板，如图 9-24 所示。

（2）将窗口上方的"laoh.avi"图标拖到窗口下方的"视频轨"的起始位置，再将"v1.mpg"图标拖到窗口下方的"视频轨"（注意接在前一个文件的后面）。

（3）单击窗口上方的"标题"选项卡，再双击窗口左边的视频窗口，输入字幕文字"动物世界"，再设置文字的格式，并在"标题轨"拖动文字显示的范围，如图 9-25 所示。

图 9-24　添加素材面板窗口

图 9-25　在视频中插入文字窗口

（4）单击窗口上方的"分享"选项卡，再单击窗口中间的"创建视频文件"图标，选择"与第一个视频素材相同"，在"创建视频文件"对话框中，选择保存位置为 D:\dmtrj 文件夹，文件名为 sp.mpg。

3．编辑个人相册，加字幕和背景音乐。

（1）单击窗口左边的"画廊"图标，在下拉列表中选择"Image"视频，单击窗口左上方的"加载图像"按钮 ，将自己的相片或图片添加到素材面板中，如图 9-26 所示。

图 9-26　素材面板窗口（1）

（2）将图片依次拖放到窗口下方的"视频轨"，并适当调整每幅图片在窗口中显示的位置、大小和时间，如图 9-27 所示。

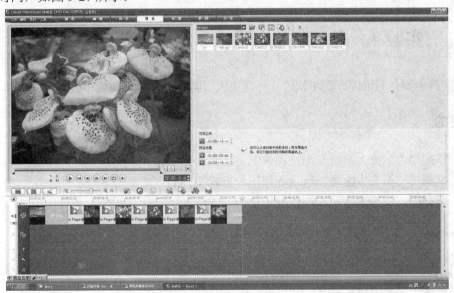

图 9-27　素材面板窗口（2）

（3）单击窗口上方的"特效"选项卡，将转场效果"turn Page"拖到每幅图片的中间，即添加了转场效果。

（4）参考前面的方法，将音乐文件添加到素材面板中，再拖到"音频轨"。

（5）单击窗口上方的"分享"选项卡，再单击窗口中间的"创建视频文件"图标，选择一种视频格式，在"创建视频文件"对话框中，选择保存位置为 D:\dmtrj，文件名为 xc.mpg，然后单击"保存"按钮，如图 9-28 所示。

图 9-28 "创建视频文件"对话框

实验 4 用"豪杰大眼睛"进行图片编辑处理

本实验主要是利用国产看图软件——豪杰大眼睛，进行各种图像格式文件的转换和编辑。

实验目的

1. 掌握用"豪杰大眼睛"浏览图像的方法。
2. 掌握用"豪杰大眼睛"转换各种图片格式文件的方法。
3. 掌握用"豪杰大眼睛"制作电子相册的方法。

实验内容

1. 用"豪杰大眼睛"快速浏览图片。
2. 用"豪杰大眼睛"对所选图片进行格式和尺寸大小转换（任选一幅图片，将其格式转换为 jpge，尺寸大小为 800×600）。
3. 用"豪杰大眼睛"制作电子相册。

操作步骤

1. 用"豪杰大眼睛"快速浏览图片

（1）双击桌面快捷图标 或选择菜单命令"开始"→"程序"→"豪杰大眼睛"，出现如图 9-29 的"豪杰大眼睛"操作界面。

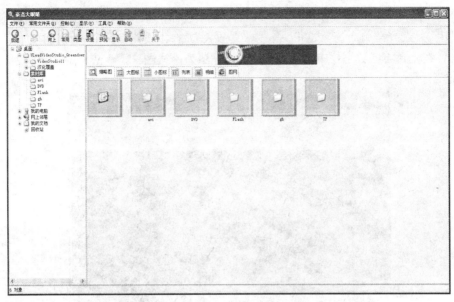

图 9-29 "豪杰大眼睛"操作界面

（2）操作界面由文件管理器、菜单栏、工具栏及图片窗口组成。最上方是"大眼睛"的菜单栏。常用的工具栏用按键形式显示在菜单栏的下方。左侧是类似资源管理器的文件管理器，右侧是图片窗口，图片窗口占据了大部分的空间。在图片窗口里，图片以缩略图方式（默认方式）显示在当前文件夹中的图片内容，最下方则显示了当前图片的各项参数。用户可以选择图片显示的方式，"大眼睛"提供了缩略图、大图标、小图标、列表及明细等 5 种方式。最右侧的是图网按键，它内置 20 个图片网站，同时用户可以将自己喜爱的网站添加进去，相当于一个图片仓库。

（3）可以像操作资源管理器一样，在窗口的左边目录树中选择打开任意的目录，即可看到该目录中的图片。

2．用"豪杰大眼睛"对所选图片进行格式和尺寸大小转换

（1）打开 C:\intdmt\dmtsy\tp，单击选择一幅图片，如图 9-30 所示。

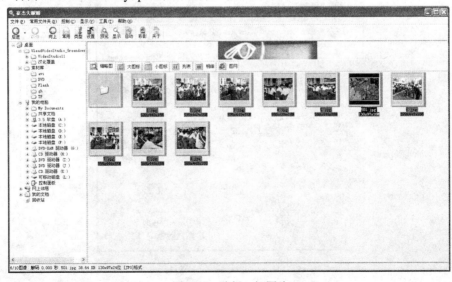

图 9-30　选择一幅图片

125

（2）双击选中的图片，进入图片编辑窗口，如图 9-31 所示（若要退出图片编辑窗口，双击鼠标即可），选择菜单命令"处理"→"保真放大"，在"设置"窗口中的水平方向数字栏中输入 800，在垂直方向数字栏中输入 600，选择算法为"线性补偿算法"，如图 9-32 所示，单击"确定"按钮。

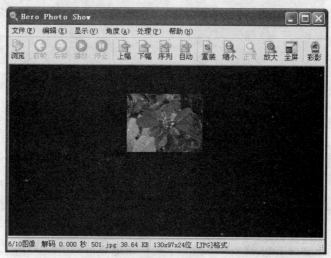

图 9-31　"Hero Photo Show"窗口

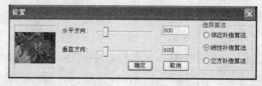

图 9-32　"设置"窗口

（3）选择菜单命令"文件"→"保存图像为"，在如图 9-33 所示的"保存图像"对话框中，选择文件保存格式和保存路径，若要改变文件名可直接在"保存名字"输入栏中修改（如本例改名为 a23.jpge），要注意右窗口右下方的"覆盖原始文件"和"覆盖已存在的文件"，是否勾选应根据自己的情况而定，"质量"可选 75% 以上，单击"确定"按钮完成图片编辑。

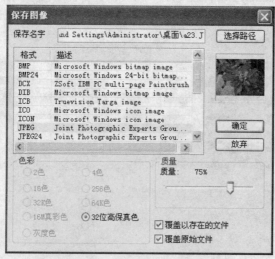

图 9-33　"保存图像"对话框

3．用"豪杰大眼睛"制作电子相册

（1）启动"豪杰大眼睛"，选择照片，可按住 Shift 或 Ctrl 键选择多张图片。

（2）选择菜单命令"工具"→"生成电子相册"→"MPEG1/VideoCD 格式"，如图 9-34 所示。

图 9-34　选择工具菜单项窗口

（3）在打开的如图 9-35 所示的窗口中，选中第一幅图的标识，选择菜单命令"变换"→"添加字幕"，为第一个画面添加字幕，在"添加字幕"窗口中输入文字（本例为"拔河比赛"），并设置字体、字号及颜色，调整文字位置，如图 9-36 所示，最后单击"确定"按钮，第一幅图的字幕就设置好了。同理，选择其他图片，可依次设置字幕。

图 9-35　"BMP 转 MPG"窗口（1）

图 9-36　"添加字幕"窗口

（4）在如图 9-35 所示的窗口中，选中第一幅图的标识，选择菜单命令"变换"→"变换花样"，为图片选择过渡效果，单击"确定"按钮，同理，对每幅图片进行类似的处理。

127

（5）为相册添加背景音乐（可根据需要决定是否要添加），在如图 9-35 所示的窗口中，单击"打开声音文件"按钮，找到并选择所需要的音乐文件，双击该文件即可添加音乐。

（6）单击"保存为…"按钮，在"另存为"对话框中设置文件的保存路径和保存文件名，单击"保存"按钮返回。

（7）在如图 9-37 所示的窗口中单击左下方的"转换"按钮，即可进行相册的最后合成操作，单击"退出"按钮即可退出相册生成操作窗口。

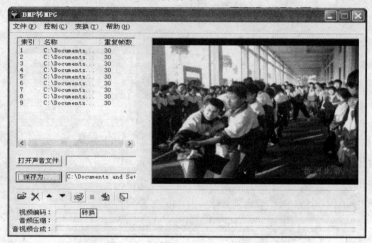

图 9-37 "BMP 转 MPG"窗口（2）

第 2 部分　理 论 习 题

第1篇　Internet 技术基础

单项选择题

1. 在计算机与计算机网络的数据通信中，＿＿＿＿通常不被用来作为有线传输介质。
   A. 双绞线　　　　B. 同轴电缆　　　　C. 光纤　　　　D. 单根粗铜线

2. 在计算机与计算机网络的数据通信中，＿＿＿＿通常不用来作为无线传输介质。
   A. 无线电波　　　B. 微波　　　　　　C. 红外线　　　D. 激光

3. 在下列有关传输介质的叙述中，＿＿＿＿的说法是不正确的。
   A. 有线传输介质同时起连通介质和信号载体的作用
   B. 无线传输介质同时起连通介质和信号载体的作用
   C. 所有可用做无线传输介质的电磁波都是沿直线传播的
   D. 光缆比同轴电缆具有更强的抗干扰能力

4. 目前，＿＿＿＿常被用做计算机网络之间数据的传输介质。
   A. 双绞线　　　　B. 同轴电缆　　　　C. 光纤　　　　D. 红外线

5. 在＿＿＿＿中不可以直接传输数字信号。
   A. 微波通信　　　B. 计算机　　　　　C. 计算机局域网　　　D. 计算机广域网

6. OSI 的中文含义是＿＿＿＿。
   A. 网络通信协议　　　　　　　　　　B. 国家信息基础设施
   C. 开放系统互连参考模型　　　　　　D. 公共信息通信

7. 家用微机上网时使用的调制解调器的作用是实现＿＿＿＿。
   A. 计算机数字信号与电话模拟信号的相互转换
   B. 数字信号向模拟信号的转换
   C. 模拟信号向数字信号的转换
   D. 微机与局域网的连接

8. 开放式网络协议标准由＿＿＿＿层结构组成。
   A. 4　　　　　　B. 6　　　　　　　C. 7　　　　　D. 8

9. ISP 是＿＿＿＿的缩写。
   A. Internet 软件包　　　　　　　　　B. Internet 服务供应商
   C. Internet 软件供应商　　　　　　　D. 交互服务软件包

10. 请选出缩写词 URL 的英文全称是＿＿＿＿。
    A. Union Research Locator　　　　　B. Unique Resource Link
    C. Uniform Resource Locator　　　　D. Uniform Resource Link

11. 请说出网址 http://www.ndjsj.com 中的 com 表示＿＿＿＿。
    A. 该站点属于商业机构　　　　　　　B. 该站点所在国家缩写为 com
    C. 该站点属于网络资源　　　　　　　D. 以上说法都不对

12. Internet 采取下列＿＿＿＿通信协议。

A. IPX/SPX　　　　B. TCP/IP　　　　C. NetBEUI　　　　D. HTTP

13. 采用拨号上网的方式，客户端所需的硬件除了计算机外必须有_____。

A. 声卡　　　　B. 调制解调器　　　　C. 路由器　　　　D. 交换机

14. 在 IP 地址 202.102.83.76 中，表示网络号的是_____。

A. 202　　　　B. 202.102　　　　C. 202.102.83　　　　D. 83.76

15. _____不属于局域网中的服务器。

A. 文件服务器　　B. 打印服务器　　C. 应用服务器　　D. 域名服务器

16. 下面_____是有效的 IP 地址。

A. 202.280.130.45　　　　　　　　B. 130.192.290.45

C. 192.202.130.45　　　　　　　　D. 280.192.33.45

17. 下列有关因特网的叙述，_____的说法是错误的。

A. 因特网是国际计算机互联网

B. 因特网是计算机网络的网络

C. 因特网上提供了多种信息网络系统

D. 万维网就是因特网

18. 下列有关 IP 地址的叙述中，_____的说法是错误的。

A. IP 地址由网络号和主机号组成

B. A 类 IP 地址中的网络号由一个取值范围在 0～255 之间的数字域组成

C. B 类 IP 地址中的网络号和主机号均由两个取值范围在 0～255 之间的数字域组成

D. C 类 IP 地址中的主机号由三个取值范围在 0～255 之间的数字域组成

19. 下列有关因特网历史的叙述中，_____是错误的。

A. 因特网诞生于 1969 年

B. 因特网最早的名字叫阿帕网

C. 因特网由美国国防部资助并建立在军事部门

D. 因特网由美国国防部资助但建立在四所大学和研究所

20. 某台主机属于中国电信系统，其域名应以_____结尾。

A. com.cn　　　　B. com　　　　C. net.cn　　　　D. net

21. 当用户计算机通过连入局域网上网时，为了保证正常工作，通常需要完整地设置_____。

A. 用户计算机 IP 地址、网关 IP 地址、DNS 配置和子网掩码

B. 用户计算机 IP 地址和 DNS 配置

C. 网关 IP 地址和子网掩码

D. 网关 IP 地址、DNS 配置和子网掩码

22. 因特网的专题组服务产生于 20 世纪_____。

A. 50 年代末～60 年代初　　　　B. 60 年代末～70 年代初

C. 70 年代末～80 年代初　　　　D. 80 年代末～90 年代初

23. 笔记本电脑用户一般选用以下_____类型的调制解调器。

A. 内置式　　　　B. 外置式　　　　C. PCMCIA 卡　　　　D. 以上都不是

24. 调制解调器的速度单位 b/s 是指每秒传递的_____。

A. 位数　　　　B. 字节数　　　　C. 字符数　　　　D. 帧数

25．"覆盖 50km 左右的地区，传输速度比较快"，请说出上述特征的网络所属的类型是_____。

    A．广域网   B．城市网   C．公用网   D．局域网

26．请说出"星形网"是从_____角度进行划分的网络类型。

    A．通信性能   B．覆盖范围   C．使用范围   D．拓扑结构

参考答案

单项选择题

1．D	2．D	3．A	4．C	5．A	6．C
7．A	8．C	9．B	10．C	11．A	12．B
13．B	14．C	15．D	16．C	17．D	18．D
19．C	20．C	21．A	22．C	23．C	24．A
25．B	26．D				

第2篇　网上信息浏览与信息检索

单项选择题

1. 在 IE 中，用户用鼠标右键单击网页中的某链接，并在弹出的快捷菜单中选择"目标另存为"命令，然后在弹出的对话框中选择路径并输入文件及类型，进行保存，请问保存下来的是_____。

    A．当前打开页本身   B．当前打开页及用户指向的链接页

    C．链接的快捷方式   D．链接页的副本

2. IE 窗口底部的横栏（如下图）是 _____。

| http://freemail6.263.net/main/findex/LCxjHkHYR/folders.htm | | Internet |

    A．地址栏   B．工具栏   C．Text Label   D．状态栏

3. 利用搜索引擎检索网页时，如果关键词输入的是"编辑　出版　发行"，那么下面关于查询结果的说法_____是对的。

    A．结果中一定得有"编辑，出版，发行"字样

    B．结果中同时包含"编辑"、"出版"和"发行"

    C．结果中至少包含"编辑"、"出版"和"发行"中的一个

    D．结果中包含"编辑"，但没有"出版"和"发行"

4. 当用户在 IE 中输入地址"www.microsoft.com"时，没输入 URL 类型，则 IE 将自动加上_____。

    A．Http://   B．Ftp://   C．Gopher://   D．Telnet

5. 在 IE 中，当你选择查看菜单中的源文件选项时，看到源文件中有<script>，请问它代表_____。

    A．通知文档中有脚本语言，但位置尚未指出

    B．脚本的开始

    C．脚本的结束

    D．以上说法都不对

6. 使用 IE 的"文件"菜单下的"新建"→"窗口"打开的是_____。

    A．默认起始站点的 Web 页面   B．空白页面

    C．与当前窗口显示同一页面   D．"取消浏览"

7. 若要将链接目标在新窗口中打开，应用下列_____操作。

    A．文件"→"新建"→"窗口"

    B．在超链接上单击鼠标右键，在弹出的菜单中选择"在新窗口中打开"

    C．再打开一个 IE

    D．直接单击超链接

8. 一般来说，IE 中用_____软件播放声音。

    A．RealAudio 播放器   B．winamp

C. 超级解霸　　　　　　　　　　　　D. 系统中的声音播放程序

9. IE 本身能识别以下_____视频文件。

    A. MPEG 文件　　B. AVI 文件　　　　C. VDO 文件　　　　D. DAT 文件

10. 下列关于代理服务器的叙述_____是错误的。

    A. 代理服务器是个特殊软件

    B. 代理服务器通常运行在 Web 服务器所在的机器上

    C. 代理服务器使网络用户能访问 Internet，而外部用户也能访问本地网络

    D. 代理服务器可以防止黑客袭击 Intranet

11. 如果 Web 页面中设置的文本颜色与 IE 中设置的文本颜色不一致，则浏览页面时文本颜色将采用_____。

    A. Web 页面中设置的文本颜色　　　　B. IE 中设置的文本颜色

    C. 默认色　　　　　　　　　　　　　D. 白色

12. 用_____方法才能过滤掉不喜欢看见的 Web 页面。

    A. 没有办法

    B. 在视图中选择

    C. 在 Internet 选项中把"安全级别"设为最高

    D. 在 Internet 选项中的"内容"选项卡中设置

13. 某用户在一台机器上同时打开多个 IE 窗口，如果他把其中一个窗口设置为不显示图片，其他窗口的图片将_____。

    A. 无影响

    B. 所有图片都不再显示

    C. 除打开的图片外，所有以后出现的图片都不显示

    D. 已经打开的图片都变为不显示

14. 请选出可能实现指定某页面为起始页功能的选项是_____。

    A. 选择"工具"→"Internet 选项"→"常规"

    B. 选择"收藏"命令菜单

    C. 选择"工具"→"Internet 选项"→"内容"

    D. 选择"工具"→"Internet 选项"→"高级"

15. http://www.microsoft.com/Internet explorer/install.html 中_____表示域名。

    A. http://　　　　　　　　　　　　　B. www.microsoft.com

    C. /Internet explorer　　　　　　　　D. /install.html

16. URL 的意思是_____。

    A. 唯一相关链接　　　　　　　　　　B. 统一资源定位器

    C. 文件传输协议　　　　　　　　　　D. 用户资源局域网

17. WWW 上采用_____协议传输文档。

    A. Telnet　　　　　B. Gopher　　　　　C. FTP　　　　　　D. HTTP

18. 域名 org 的含义是_____。

    A. 商业组织　　　B. 政府部门　　　　C. 网络组织　　　　D. 非营利性组织

19. Internet 上帮助筛选、查找所需的网页地址或其他资源的工具通常被称为_____。

    A. 网络导航　　　B. 搜索引擎　　　　C. 推（Push）技术　　D. 检索工具

20. 某用户想下载一较大的可执行文件，他最好使用_____协议进行下载。

    A. HTTP   B. FTP   C. Telnet   D. Gopher

21. 在中文搜索引擎中，关键字之间加空格，作用和以下_____项相同。

    A. AND   B. OR   C. NOT   D. TATLE

22. 利用搜索引擎检索 Web 站点时，如果要搜索含有"Microsoft ATC"这个词的站点，应在搜索框中输入_____。

    A. Microsoft ATC   B. "Microsoft ATC"

    C. Microsoft+ATC   D. Microsoft &ATC

判断题

1. Windows 资源管理器中的 GIF 文件可以直接拖动到 IE 上浏览。（   ）

2. IE 浏览器在下载声音文件时，可以边下载边播放。（   ）

3. 与图形文件不同，影像无法逐渐绘制，所以文件要完全下载后才能播放。（   ）

4. IE 可以通过预定的方式把需要的信息预先下载下来，然后脱机阅读。（   ）

5. 可以用 IE 浏览 Word 文档和 Excel 电子报表。（   ）

6. 启用"自动搜索"后，在地址栏输入"name"，那么 IE 会自动试用 name.com、www.name.com、name.org、www.name.org 等一直到地址存在为止。（   ）

7. Internet 服务就是 WWW 服务。（   ）

8. 202.256.0.82 是一个有效的 IP 地址。（   ）

9. 一个网站通常有一个索引网页（或称主页），访问者以此作为起点可以进一步浏览整个网站的信息。（   ）

10. 用户在浏览网页时，如果网页中使用了用户计算机上没有安装的字体，Web 浏览器就用当地默认的字体替代。（   ）

11. 用户在浏览网页时，如果网页中使用了用户计算机上没有安装的字体，Web 浏览器就无法显示该段文字。（   ）

12. 如果超链接的跳转目标不是网页，而是其他类型的文件，Web 浏览器会自动运行相应的程序以打开该文件。（   ）

13. 在预览视图方式下看到的网页并不是在服务器上，而是在本地磁盘上。（   ）

14. 当表格各列的宽度超过表格的整体宽度时，表格仍可在浏览器中正常显示。（   ）

15. 现有的搜索引擎都既能搜索文章，也可以搜索出符合要求的嵌入式图像或被链接的图像。（   ）

16. 搜索引擎可以搜索到 Internet 上存在的所有站点。（   ）

17. 在搜索引擎中输入"电影*"进行搜索，则"电影院"、"电影电视部"、"无声电影"会在查询结果中出现。（   ）

18. 通常将目录索引和具有搜索数据库的真正的搜索引擎统称为搜索引擎。（   ）

参考答案

单项选择题

  1. D   2. D   3. C   4. A   5. B   6. C

7. B	8. D	9. B	10. C	11. A	12. A
13. C	14. A	15. B	16. B	17. D	18. D
19. B	20. B	21. A	22. B		

判断题

1. 对	2. 错	3. 对	4. 对	5. 对	6. 对
7. 错	8. 错	9. 对	10. 对	11. 错	12. 对
13. 对	14. 错	15. 错	16. 错	17. 对	18. 对

第3篇 文件传输、远程登录与电子邮件

单项选择题

1. 在下列有关 FTP 文件传输的叙述中，_____的说法是错误的。
  A. 目前有两类文件服务器（公共匿名服务器和用户注册服务器）向用户提供了基于 FTP 文件传输的信息服务
  B. 公共匿名文件服务器向因特网全体用户提供下载文件的服务
  C. 部分公共匿名文件服务器向因特网全体用户提供上传文件的服务
  D. 以上说法均不正确

2. 在下列有关 FTP 文件传输的叙述中，_____的说法是错误的。
  A. 目前有两类文件服务器（公共匿名服务器和用户注册服务器）向用户提供了基于 FTP 文件传输的信息服务
  B. 公共匿名文件服务器要求用户使用 anonymous 和电子信箱地址，分别作为登录的用户名和密码
  C. 注册文件服务器要求用户使用注册用户名与密码登录
  D. 以上说法均不正确

3. 在下列有关 FTP 文件传输的叙述中，_____的说法是错误的。
  A. 用户登录公共匿名服务器后，总可以随意上传、下载与删除文件
  B. 用户组用户登录注册服务器后，一般不能访问其下属用户未授权的个人目录
  C. 用户登录注册服务器后，一般可以访问其所属用户组授权的用户目录
  D. 用户登录注册服务器后，只能根据授权进行上传、下载和删除文件

4. 用户在 Web 浏览器中不可以采用 FTP 协议登录_____，然后下载所需的文件。
  A. 公共匿名 FTP 文件服务器
  B. 所注册文件服务器的个人目录
  C. 已知某注册用户组名与密码的文件服务器中该用户组目录
  D. Web 服务器

5. 在因特网的公共匿名 FTP 文件服务器中，通常不提供_____。
  A. 商品软件　　　　　　　　　　　　B. 自由软件
  C. 共享软件　　　　　　　　　　　　D. 多媒体数据文件

6. 当用户在 Web 浏览器中，采用 FTP 文件传输协议远程访问注册文件服务器的个人目录时，应在 URL 地址输入框中输入_____。
  A. ftp://注册文件服务器域名或 IP 地址
  B. ftp://用户名@注册文件服务器域名或 IP 地址
  C. ftp://用户名：注册文件服务器域名或 IP 地址
  D. ftp://用户名，注册文件服务器域名或 IP 地址

7. 当用户在 Web 浏览器中采用 FTP 文件传输协议远程访问公共匿名文件服务器时，应

在 URL 地址输入框中输入_____。

    A．ftp://公共匿名文件服务器域名或 IP 地址

    B．ftp://anonymous@公共匿名文件服务器域名或 IP 地址

    C．ftp://用户电子信箱地址@公共匿名文件服务器域名或 IP 地址

    D．ftp://用户名@公共匿名文件服务器域名或 IP 地址

8．用户在 Web 浏览器中不可以采用_____，然后直接下载所需的程序文件。

    A．Telnet 协议登录个人注册服务器

    B．FTP 协议登录公共匿名 FTP 文件服务器

    C．FTP 协议登录个人注册服务器

    D．HTTP 协议访问含有相应程序文件链接的主页（Web 服务器）

9．在撰写 E-mail 时，"抄送"与"密件抄送"的区别是_____。

    A．"抄送"的信件看得见发件人的 E-mail，而"密件抄送"看不见

    B．主要针对把信件同时发给多个人的情况，"抄送"可以看到其他人的 E-mail，"密件抄送"看不到

    C．主要针对把信件同时发给多个人的情况，"抄送"可以让其他人看到自己的 E-mail，"密件抄送"则不让

    D．以上说法都不对

10．如果超链接的目标是一个 E-mail 地址，当访问者单击此超链接时，_____。

    A．Web 浏览器在窗口中自动打开此 E-mail 的邮箱

    B．Web 浏览器自动打开邮件客户程序，准备发送邮件

    C．Web 浏览器自动打开邮件客户程序，并打开此 E-mail 邮箱

    D．Web 浏览器直接将当前 Web 页发送到此 E-mail 邮箱中

11．在 Outlook Express 设置中，POP3 服务器应填写_____。

    A．邮件发送服务器的 IP 地址

    B．邮件接收服务器的网址

    C．网络公司地址

    D．Outlook 账号设置中的用户账号名

12．在 Outlook Express 设置中，发送邮件（SMTP）的服务器应填写_____。

    A．邮件接收服务器的 IP 地址   B．邮件发送服务器的网址

    C．ISP 的 E-mail 地址   D．用户地址

13．如果要通过 E-mail 发送程序、数据文件等，应_____操作。

    A．在所要发送的文件上单击鼠标右键，选择发送

    B．把文件作为消息的附件发送

    C．将其作为消息的一部分插入到消息中

    D．用其他程序先上载

14．在电子邮件中用户_____。

    A．只可以传送文本信息   B．可以传送任意大小的多媒体文件

    C．可以同时传送文本和多媒体信息   D．不能附加任何文件

15．电子邮件是由用户在计算机上，使用电子邮件软件包_____的信息。

    A．直接发到接收者计算机的指定磁盘目录中

B. 直接发到接收者注册的 POP3 服务器指定的电子信箱中

C. 通过 SMTP 服务器发到接收者计算机指定磁盘目录中

D. 通过 SMTP 服务器发到接收者注册的 POP3 服务器指定的电子信箱中

16. 发送电子邮件的服务器和接收电子邮件的服务器_____。

    A. 必须是同一计算机   B. 可以是同一计算机

    C. 必须是两台计算机   D. 以上说法均不对

17. 当用户从 Internet 获取邮件时，用户的电子信箱是在_____。

    A. 用户的计算机上   B. 发信给用户的计算机上

    C. 用户的 ISP 的服务器上   D. 根本不存在电子信箱

18. 电子信箱地址的基本结构_____。

    A. 是"用户名@SMTP 服务器 IP 地址"

    B. 只能是"用户名@POP3 服务器 IP 地址"

    C. 只能是"用户名@POP3 服务器域名"

    D. B 或 C 两种形式均可以

19. 用户通过电子邮件软件包，从所注册电子邮件服务器的电子信箱下载电子邮件，他不需要_____。

    A. POP3 服务器的域名或 IP 地址   B. SMTP 服务器域名或 IP 地址

    C. 在 POP3 服务器的用户名   D. 在 POP3 服务器的密码

20. 用户在电子邮件软件包中设置账号参数时，有可能填错自己的"电子信箱地址"，此时会出现_____的现象。

    A. 电子邮件无法发送出去

    B. 无法接收注册 POP3 服务器中自己的电子邮件

    C. 无法收到收件人采用回复方式发回的电子邮件

    D. 一切正常

21. 用户在电子邮件软件包中设置账号参数时，有可能填错"SMTP 服务器域名"，此时会出现_____的现象。

    A. 电子邮件无法发送出去

    B. 无法接收注册 POP3 服务器中自己的电子邮件

    C. 无法收到收件人采用回复方式发回的电子邮件

    D. 一切正常

22. 用户在 Outlook Express 中可以设置多个 SMTP 和 POP3 服务器对应的账号，但_____。

    A. 不可以同时使用全部账号

    B. 不可以只接收某一个账号的邮件

    C. 不可以在多个账号中选择一个作为默认账号

    D. 可不以用不同的用户名与密码

23. 用户在 Outlook Express 电子邮件软件包中可以设置多个 SMTP 和 POP3 服务器对应的账号，其中只有一个是默认账号，所谓默认账号是指电子邮件软件包_____。

    A. 指定下载其电子邮件的 POP3 服务器

    B. 指定用于发送电子邮件的 SMTP 服务器

    C. 最先使用的 SMTP 和 POP3 服务器

D. 发送或回复电子邮件时将自动选取该账号中设置的参数

24. 在下列有关远程登录的叙述中，_____的说法是错误的。

A. 目前有两类服务器（公共服务器和注册服务器）向用户提供了基于远程登录的信息服务

B. 基于远程登录的公共信息服务器通常提供基于操作系统提示符的用户界面

C. 用户注册服务器通常向用户提供基于菜单的远程登录用户界面

D. 以上说法均正确

25. 在下列有关远程登录的叙述中，用户_____的说法是错误的。

A. 计算机只起服务器的远程仿真终端的作用

B. 计算机蜕化为只起键盘与显示器的作用

C. 通过本地计算机发出的命令均在服务器上执行

D. 可以获得文本与图像信息服务

26. 当远程登录因特网的注册服务器时，不需要使用_____。

A. 服务器域名或 IP 地址
B. 个人用户名
C. 个人密码
D. 公共用户名与公用密码

27. 当用户使用 Telnet 远程登录到具有其个人账号和目录空间的注册服务器的个人目录上后，不可以_____。

A. 打开该服务器上的 Web 图形浏览器

B. 修改自己的密码

C. 建立下级子目录

D. 设置自己个人目录及其下级目录与文件的访问权限

28. 在 Internet 发展早期，BBS 的访问通常是通过_____Internet 服务进行的。

A. WWW
B. FTP
C. Telnet
D. Gopher

29. 下列信息服务中，_____不属于因特网的基本服务。

A. 电子邮件
B. 远程登录
C. FTP 文件传输
D. BBS

判断题

1. FTP 允许匿名访问和非匿名访问两种方式。（   ）

2. FTP 的站点之间是没有超链接的，必须一个一个访问。（   ）

3. 使用 FTP 进行文件传输，根据服务器的设置，有时不需要在 FTP 服务器上使用账号和密码登录。（   ）

4. 断点续传要求两个必要条件，其中一个是服务器必须支持断点续传功能。（   ）

5. 在没有安装图形界面的 FTP 软件时，也可以使用 Windows 的 FTP 命令实现文件传输。（   ）

6. 在用 Outlook Express 发送邮件的过程中，可以"离线"写信，需要发信时，再拨号上网。（   ）

7. E-mail 的发送是指将信件首先发送到上网公司的 E-mail 服务器中，再转发至对方的服务器上。（   ）

8. 第一次使用 Outlook Express 时，会自动启动"Internet 连接向导"对话框。（   ）

9. 邮件服务器对邮件的大小是没有规定的。（   ）

10. Outlook Express 对每个用户只能有一个邮件账号。（　　）

11. Outlook Express 能够实现管理多个邮件和新闻账号。（　　）

12. Outlook Express 不能实现在服务器上保存邮件。（　　）

13. Outlook Express 可以发送、接收邮件并进行邮件转发。（　　）

参考答案

单项选择题

1. D	2. D	3. A	4. D	5. A	6. B
7. A	8. A	9. B	10. B	11. B	12. B
13. B	14. C	15. D	16. B	17. C	18. C
19. B	20. C	21. A	22. B	23. D	24. D
25. D	26. D	27. A	28. C	29. D	

判断题

1. 对	2. 对	3. 错	4. 对	5. 对	6. 对
7. 对	8. 对	9. 错	10. 错	11. 对	12. 错
13. 对					

第4篇 HTML 和 CSS

单项选择题

1. HTML 文档开始处的标识是_____。

　　A．<HTML>　　　　B．<HEAD>　　　　　　C．<TITLE>　　　　　D．<BODY>

2. HTML 文档中<TITLE>与</TITLE>之间的文本将出现在浏览器的_____。

　　A．标题栏中　　　　　　　　　　　　B．Web 页面的最上方

　　C．正文开始处　　　　　　　　　　　D．不出现

3. HTML 文本中有一段是：要获取更多信息，请转至 <A HREF= "http://www.domain.com/Resource.htm">资源指南</A>，_____文本上有链接。

　　A．要获取更多信息　　　　　　　　　B．请转至

　　C．Resource.htm　　　　　　　　　　D．资源指南

4. 应用_____标识的标题字体最大。

　　A．H1　　　　　　B．H2　　　　　　　C．H3　　　　　　　D．H6

5. 若要创建到同一 Web 页面的其他位置上的链接，应该使用_____。

　　A．表格　　　　　　　　　　　　　　B．帧

　　C．书签　　　　　　　　　　　　　　D．目标资源在新窗口打开的超链接

6. 如果选择一幅远远小于浏览器窗口大小的图像作为 Web 页面的背景图，会出现_____的效果。

　　A．图像位于左上角，其余位置填充默认背景色

　　B．图像自行放大至整张页面

　　C．图像位于左上角，其余位置填充白色

　　D．整个页面上出现这幅画的多次重复

7. 在 Web 页面中要实现分栏可以利用的菜单或工具是_____。

　　A．文本框　　　　　B．表格　　　　　　C．表单　　　　　　D．格式化命令

8. 下列选项不属于 Web 页面的表单（Form）中内容的是_____。

　　A．输入文本框　　B．单选钮　　　　　C．提交钮　　　　　D．图片

9. Web 页面的表单通过_____向服务器发送数据。

　　A．文本框　　　　　B．E-mail　　　　　C．提交钮　　　　　D．复选框

10. 制作主页时，背景不能采用_____。

　　A．单一颜色　　　B．图片　　　　　　C．音乐　　　　　　D．视频

11. Web 页面的内容是用_____编写的。

　　A．Word 文档　　B．纯文本　　　　　C．HTML　　　　　D．Visual BASIC

12. 在 HTML 语言中，使用表格时，数据项是放在_____标签中的。

　　A．<tr> </tr>　　B．<th> </th>　　　C．<td> </td>　　　D．

13. CSS 指的是_____。

　　A．Computer Style Sheets　　　　　　B．Colorful Style Sheets

C. Creative Style Sheets   D. Cascading Style Sheets

14. 以下是无效的 CSS 样式定义的是 _____。

    A. H1,H2{font-size:large;color:green}   B. $link{text-decoration:none}

    C. Product_name{font-family:隶书}   D. #my_name{font-size:14pt}

15. 在 HTML 文档中，引用外部样式表的正确位置是_____。

    A. 文档的末尾   B. 文档的顶部

    C. <head> 和</head>之间   D. <body> 和</body>之间

16. 在以下的 HTML 中，正确引用外部样式表的方法是_____。

    A. <style src="mystyle.css">

    B. <link rel="stylesheet" type="text/css" href="mystyle.css">

    C. <stylesheet>mystyle.css</stylesheet>

    D. <style type="text/css"

17. 在下列选项中，CSS 语法正确的是_____。

    A. body:color=black   B. {body:color=black(body}

    C. body {color: black}   D. {body;color:black}

参考答案

单项选择题

1. A	2. A	3. D	4. A	5. C	6. D
7. B	8. D	9. C	10. D	11. C	12. C
13. D	14. B	15. C	16. B	17. C	

第 5 篇　用 FrontPage 制作网页

单项选择题

1. 下面的说法正确的是_____。
   A. FrontPage 提供了在 GIF 格式的图片上写字的功能
   B. FrontPage 提供了在 JPG 格式的图片上写字的功能
   C. JPG 格式的图像支持透明
   D. TIF 格式的图像支持透明

2. 关于 FrontPage 的功能下面说法正确的是_____。
   A. FrontPage 可以打开任何位置的网页
   B. FrontPage 可以以只读方式打开文档
   C. FrontPage 具有自动保存的功能
   D. 因为 FrontPage 以前不是 Office 中的组件，所以 FrontPage 不能实现同其他 Office 程序方便的转换

3. 在 FrontPage 中建立超链接时，不可作为链接目标的是_____。
   A. 从当前打开的网站中选择一个网页作为目标
   B. 打开 Web 浏览器从 WWW 上查找一个网页作为目标
   C. 从本地磁盘中指定一个文件夹作为目标
   D. 指定一个 E-mail 地址作为目标

4. 关于项目符号，下面说法不正确的是_____。
   A. 在 FrontPage 中编辑网页时，可以将图片作为项目符号来使用
   B. 可以将 GIF 动画作为项目符号来使用
   C. 用户可以自定义具有自己特色的项目符号
   D. 不能够将 GIF 动画作为项目符号来使用，只能够将 GIF 的静态图片作为项目符号来使用

5. 关于图片的超链接热点的设置，下面说法正确的是_____。
   A. 在一张图片上不可以创建几个超链接热点
   B. 在一张图片上只可以创建一个超链接热点
   C. 在一张图片上可以创建多个超链接热点，且其形状可以是任意的
   D. 如果在一张图片上创建多个超链接热点，则热点之间会造成重复定义，所以一张图上只能创建一个超链接热点

6. 关于 FrontPage 表格，下面说法不正确的是_____。
   A. 在 FrontPage 中提供了将网页中的文本转换成表格的功能
   B. 在 FrontPage 中提供了在网页中表格的单元格中插入子表的功能
   C. 表格的单元格和表格的尺寸可以任意调整
   D. 在表格上没有添加表格标题的功能，要加标题需要使用一个文本框来实现

7. FrontPage 提供了在＿＿＿＿格式的图片上写字的功能。

    A. GIF   B. TIF

    C. JPG   D. BMP

8. 下面＿＿＿＿格式的图片是支持透明的。

    A. JPG   B. GIF   C. PCX   D. BMP

9. 在 FrontPage 中，未访问过的超链接的默认颜色是＿＿＿＿。

    A. 红色   B. 蓝色   C. 紫色   D. 黑色

10. 在 FrontPage 中，已经访问过的超链接的默认颜色是＿＿＿＿。

    A. 红色   B. 蓝色   C. 紫色   D. 黑色

11. 在网页属性的＿＿＿＿选项卡中可以进行网页的背景音乐的设置。

    A. 常规   B. 背景   C. 边距   D. 自定义

12. 要自己定义超链接的颜色，可以在网页属性的＿＿＿＿选项卡中设置。

    A. 常规   B. 格式   C. 边距   D. 自定义

13. 关于 FrontPage 中的页边距，下面说法正确的是＿＿＿＿。

    A. 页边距是指距网页的顶端和左端空出的距离

    B. 如果在 FrontPage 中使用了共享边框，则页边距是指距共享边框的顶端和左端空出的距离

    C. 页边距就是指距网页的顶端和底端空出的距离

    D. 如果在 FrontPage 中使用了共享边框，则页边距是指距共享边框的顶端和两端空出的距离

14. 关于动态效果，下面说法正确的是＿＿＿＿。

    A. 用网页视图下的预览视图方式，无法预览到动态效果

    B. 只有网站发布后，才能够用浏览器查看其动态效果

    C. 文字的动态效果无法打印出来

    D. 在 FrontPage 中，只有使用"文件"菜单项的"在浏览器中浏览"命令，启动一个正式浏览器才能够浏览到网页的动态效果

15. FrontPage 的剪贴板最多可以存放＿＿＿＿项内容。

    A. 1   B. 4   C. 16   D. 24

16. 以下用鼠标选定的方法，正确的是＿＿＿＿。

    A. 若要选定一个段落，则把鼠标放在该段落上，连续单击两下

    B. 若要选定一篇文档，则把鼠标指针放在选定区，双击

    C. 若要选定一个段落，按住 Alt 键，把鼠标放在该段落上单击

    D. 选定一行时，把鼠标指针放在该行中，双击

17. 制作好表格后，要改变表格的单元格高度、宽度时，正确的说法是＿＿＿＿。

    A. 只能改变一个单元格的高度   B. 只能改变整个行高

    C. 只能改变整个列宽   D. 以上说法都不正确

18. 下列关于超链接外观的说法，错误的是＿＿＿＿。

    A. 超链接的外观主要是指超链接的颜色

    B. 任何情况下，总是用蓝色显示未访问过的超链接

    C. FrontPage 默认用蓝色显示超链接

D. 可以在 FrontPage 中自己定义超链接的颜色

19. 关于 FrontPage 对于图像的保存，下面说法正确的是_____。

A. 第一次保存网页时，当 FrontPage 发现有不是 GIF 和 JPG 格式的图像时，FrontPage 就会把该图像转成 GIF 格式

B. 第一次保存网页时，当 FrontPage 发现有不是 GIF 和 JPG 格式的图像时，FrontPage 就会把该图像转成 JPG 格式

C. 第一次保存网页时，当 FrontPage 发现有不是 GIF 和 JPG 格式的图像且图片颜色不超过 256 时，FrontPage 就把该图像保存成 GIF 格式，若图像的颜色超过 256，FrontPage 就会把该图像转成 JPG 格式

D. 第一次保存网页时，当 FrontPage 发现有不是 GIF 和 JPG 格式的图像且图片颜色不超过 256 时，FrontPage 就把该图像保存成 JPG 格式，若图像的颜色超过 256，FrontPage 就会把该图像转成 GIF 格式

20. 以下关于 FrontPage 视图的说法，正确的是_____。

A. 在网页视图方式下，网页编辑窗口总是只有基本、HTML、预览 3 种视图窗口形式

B. 在文件夹视图中，可以通过右边的文件列表显示文件标题、有无超链接指向它、修改作者等

C. 在文件夹视图中，用户可以方便地添加新的文件夹

D. 在超链接视图中，用户可以把站点中的所有文件都集中在一个列表中，显示文件的标题、所在文件夹等信息

21. FrontPage 创建的网页在浏览器上有和手写的 HTML 文本相同的效果，这是因为_____。

A. FrontPage 本身带有 Web Server

B. FrontPage 使用所见即所得的方法创建网页，并自动生成 HTML 文件

C. 浏览器具有良好的兼容性

D. ISP 提供了转换服务

22. 下列关于 FrontPage 说法错误的是_____。

A. FrontPage 提供了直接编辑 HTML 文件的功能

B. FrontPage 可以和其他 Office 组件共享拼写检查功能

C. FrontPage 有自动保存功能

D. 在 FrontPage 中，网页设计和网站管理功能的界面合二为一

23. 超文本是使用_____语言编写的。

A. VRML   B. CGI   C. HTTP   D. HTML

24. 如果将 BMP 图片的底色设置成透明，则 FrontPage 会将 BMP 格式的文件转化为_____格式的文件。

A. GIF   B. JPEG   C. PNG   D. TIFF

25. 超文本传输协议是指_____。

A. VRML

C. DHML

B. HTML

D. Hypertext Transport Protocol

26. 在 FrontPage 中的预览页面中预览一个网页时，_____。

A. 所有的超链接都不能发挥作用

B. 与在浏览器中观看的效果基本相同，但是有些效果无法显示

C. 双击一个对象可以编辑它

D. 可以在右键快捷菜单中修改网页的属性

27. _____不属于 FrontPage 为编辑网页提供的功能。

    A. 插入注释　　　　B. 插入表格　　　　　C. 设置广告栏　　　　D. 发布网页

28. 关于表格各个单元格，下面的说法错误的是_____。

    A. 表格的每个单元格可以有不同颜色的文本

    B. 表格的每个单元格必须使用相同格式的文字

    C. 可以在表格的单元格中使用超链接

    D. 可以在表格的单元格中使用图片

29. _____格式的声音文件不能直接在网页中使用。

    A. WAV　　　　　　B. RA.　　　　　　C. CD　　　　　　D. 都不能

30. CGI 是_____。

    A. 文件传输协议　　　　　　　　　　B. 超文本网络协议

    C. 网关接口协议　　　　　　　　　　D. Microsoft 网络协议

31. 在_____的情况下不能随意设置页面的背景。

    A. 使用了主题样式　　　　　　　　　B. 使用了表格

    C. 超链接　　　　　　　　　　　　　D. 插入了图片之后

32. 如果要超链接地址 http://happy.com 需要指定端口号 82,则以下写法正确的是_____。

    A. http://happy.com:82　　　　　　　B. .http://happy.com//82

    C. http://happy.com/82　　　　　　　D. http://happy.com.82

33. 加密站点通常使用的统一资源定位器头是_____。

    A. ftp://　　　　　　B. http://　　　　　　C. https://　　　　　D. ftps://

34. 以下关于主页的说法不正确的是_____。

    A. 一个 Web 站点必须有一个主页

    B. 一个 Web 站点可以有多个主页

    C. 使用浏览器链接某个站点时首先看到的页面就是主页

    D. 主页可以不是以.html 或.htm 为后缀的文件

35. 国内站点通常所使用的内码是_____。

    A. 大五码 BIG5（简体）　　　　　　B. 简体中文（HZ）

    C. 大五码 BIG5（繁体）　　　　　　D. 简体中文（GB2312）

36. HTML 语言中，用于控制字体的标识是_____。

    A. <FORM>　　　B. <FONT>　　　　C. <FRAME>　　　D. <FIELDSET>

37. 在 HTML 语言中，要插入图片时，使用的标识是_____。

    A. <INPUT>　　　B. <ISINDEX>　　　C. <IMG>　　　　D. <IFRAME>

38. 下列超链接属于本机文件的超链接是_____。

    A. http://www.neast.com/index.htm　　　B. https://www.zdnet.com/default.htm

    C. ftp://www.sohoo.com/index.htm　　　D. file:///c:/web/index.htm

39. 以下不属于协议的是_____。

    A. FTP　　　　　　　　　　　　　　B. HTTP

C. Hyper Text Mark-up Language　　　　D. Hypertext Transport Protocol

40. 可以制作成动画图片的图形格式是_____。

  A. BMP　　　　B. JPEG　　　　C. GIF　　　　D. TIFF

41. 下面的标识中不需要配对的结束标识是_____。

  A. <HEAD>　　　　B. <BODY>　　　　C. <HR>　　　　D. <H2>

42. 下列关于格式刷的说法正确的是_____。

  A. 选中文本，单击格式刷工具，把文本格式化为预制格式

  B. 选中文本，单击格式刷工具，然后单击新的文本，把原始文本的格式付给新的文本

  C. 选中文本，单击格式刷工具，然后单击新的文本，把新的文本的格式付给原始文本

  D. 单击格式刷工具是选定格式刷，连续双击则取消格式刷的选定

43. 在调色板中加亮红色的十六进制颜色代码为_____。

  A. {00，FF，00}　　　　　　　　B. {FF，00，00}

  C. {00，00，FF}　　　　　　　　D. {FF，00，FF}

44. "图片属性"的"常规"选项卡中的渐进式变化指的是_____。

  A. 指定 JPEG 图像从极不清楚版本变到全清晰版本的步骤数

  B. 指定 GIF 图像从极不清楚版本变到全清晰版本的步骤数

  C. 指定 JPEG 图像质量百分比

  D. 指定 GIF 图像质量百分比

参考答案

单项选择题

1. A	2. A	3. C	4. D	5. C	6. D
7. A	8. B	9. B	10. C	11. A	12. B
13. B	14. C	15. D	16. C	17. D	18. B
19. C	20. C	21. B	22. C	23. D	24. A
25. D	26. B	27. D	28. B	29. C	30. C
31. A	32. A	33. C	34. B	35. D	36. B
37. C	38. D	39. C	40. C	41. C	42. B
43. B	44. A				

第6篇 图像处理软件 Photoshop

单项选择题

1. 当位图被放大时，可能使图像边缘产生锯齿，此现象发生的原因是_____。
   A. 像素被重新分配到网格中的缘故
   B. 位图图像的质量不好
   C. 这只是输出设备分辨率低的原因
   D. 除了以上说法的原因

2. 下面的工具中，不能用于创建选区的是_____。
   A. 套索　　　　B. 选框　　　　　　C. 切片　　　　　　D. 魔术棒

3. 去掉旧的选择区域然后选择新的区域的选择方式是_____。
   A. 新选区　　　B. 添加到选区　　　C. 从选区中减去　　D. 与选区交叉

4. 在进行 Photoshop 的图层操作时，通过设置图层调板上的_____来影响图层叠加效果。
   A. 填充　　　　B. 不透明度　　　　C. 图层风格　　　　D. 混合模式

5. 若窗口中图层面板没有显示，用户可以通过_____来打开图层控制面板。
   A. 按 F2 键
   B. 执行菜单命令"图层"→"图层属性"
   C. 执行菜单命令"图层"→"新调整图层"
   D. 执行菜单命令"窗口"→"图层"或按 F7 键

6. 选区只能转换成_____。
   A. 工作路径　　B. 辅助路径　　　　C. 任意路径　　　　D. 平滑曲线

7. 执行"编辑"—"自由变换"操作，可以直接_____对象。
   A. 缩放和扭曲　B. 旋转和缩放　　　C. 扭曲和旋转　　　D. 旋转和斜切

8. 关于通道，以下描述不正确的是_____。
   A. 通道可以编辑　　　　　　　　　B. 通道用来存储图像的颜色信息
   C. 通道不可以编辑　　　　　　　　D. 同一文件不同图层有相同的颜色通道

9. 下列_____分辨率适用于印刷的图像分辨率。
   A. 72dpi　　　B. 150dpi　　　　　C. 96dpi　　　　　D. 300dpi

10. 下列_____格式的图像文件不能保存 Photoshop 通道信息。
    A. PSD　　　　B. TIFF　　　　　　C. JPG　　　　　　D. TGA

11. 下列关于矩形选框工具说法不正确的是_____。
    A. 按 Shift 键，可拖出正方形选区
    B. 按 Alt 键，可从中心拖出矩形选区
    C. 按空格键可暂停变动选区，移动鼠标可改变选区位置
    D. 选区不能保存

12. 取消选区的快捷键是_____。

A．Ctrl+A   B．Ctrl+D   C．Ctrl+T   D．Ctrl+S

13．关于魔棒工具的"容差"设定，以下说法正确的是_____。

A．容差值越大，选取的范围越小

B．容差值越大，选取的范围越大

C．容差值的设定对选取范围的影响不大

D．魔棒工具的"容差"选项是用来控制擦除颜色的范围的

14．当我们保存选区时，选区保存在_____。

A．通道中   B．图层中   C．路径中   D．其他地方

15．要使图像的打印尺寸变大，应使用以下_____方法放大图像。

A．执行菜单命令"图像"→"画布大小"

B．执行菜单命令"图像"→"图像大小"

C．执行菜单命令"编辑"→"自由变换"

D．执行菜单命令"图像"→"修整"

16．如果工具箱没有显示在屏幕上，需使用_____方法显示。

A．执行菜单命令"窗口"→"工具"

B．执行菜单命令"窗口"→"工具预设"

C．执行菜单命令"视图"→"显示"→"全部"

D．按 F5 键

17．关于路径，下列不正确的说法是_____。

A．是一种特殊的矢量图   B．路径可以直接打印出来

C．可以将路径转换成为一个选区   D．可以对路径进行颜色填充

18．在画笔状态下与_____组合可转换为吸管工具，来吸取图像中的颜色为前景色。

A．Ctrl 键   B．Shift 键   C．Alt 键   D．Tab 键

19．所有滤镜都不能用，此图像是在_____模式下（已是 8 位/通道）。

A．CMYK 模式   B．灰度模式   C．多通道模式   D．索引颜色模式

20．要将一个 Alpha 通道载入，使之成为一个选区，下列操作正确的是_____。

A．Ctrl+ 单击通道面板中的缩览图   B．Alt + 单击通道面板中的缩览图

C．Shift+单击通道面板中的缩览图   D．Tab + 单击通道面板中的缩览图

21．移动图层中的图像时如果每次需要移动 10 个像素的距离，应按下列哪组功能键。

_____

A．按住 Alt 键的同时按键盘上的箭头键

B．按住 Tab 键的同时按键盘上的箭头键

C．按住 Ctrl 键的同时按键盘上的箭头键

D．按住 Shift 键的同时按键盘上的箭头键

22．如何移动一条参考线。_____

A．选择移动工具拖拉

B．无论当前使用任何工具，按住 Alt+单击鼠标

C．在工具箱中选择任何工具拖拉

D．无论当前使用任何工具，按住 Shift+单击鼠标

23．Photoshop 中默认的历史记录是_____步。

A. 5步   B. 10步   C. 20步   D. 100步

24. 在存储一幅 Photoshop 图像时，_____不会被存储。

     A. 图层   B. 通道   C. 路径   D. 选区

25. Alpha 通道最重要的用途是_____。

     A. 保存图像色彩信息   B. 保存图像未修改前的状态

     C. 用来存储和建立选区   D. 是为路径提供的通道

26. 下面哪种说法，针对调整图层来说是错误的。_____

     A. 调整图层是用来对图像进行色彩编辑的，并不影响图像本身，可随时将其删除

     B. 调整图层除了具有调整色彩的功能之外，还可以通过调整不透明度、选择不同的图层混合模式，以及修改图层蒙版来达到特殊效果

     C. 调整图层不能选择"与前一图层编组"命令

     D. 选择任何一个"图像"→"调整"菜单中的色彩调整命令都可以生成新的调整图层

27. 下列选项_____是动作调板与历史记录调板都具有的特点。

     A. 在关闭图像后所有记录仍然会保留下来

     B. 都可以对文件夹中的所有图像进行批处理

     C. 虽然记录的方式不同，但都可以记录对图像所做的操作

     D. 历史调板记录的信息要比动作调板广

28. 下列关于"图像大小"对话框的描述错误的是_____。

     A. 当选择"约束比例"选项时，图像的高度和宽度被锁定，不能被修改

     B. 当选择"重定图像像素"选项，但不选择"约束比例"选项时，图像的宽度、高度和分辨率可以任意修改

     C. 在"图像大小"对话框中可修改图像的高度、宽度和分辨率

     D. "重定图像像素"选项后面的弹出项中有三种插值运算的方式可供选择，其中"两次立方"是最好的运算方式，但运算速度最慢

29. 下列对图像进行放大或缩小的说法错误的是_____。

     A. 用工具箱中的抓手工具在图像上拖拉矩形框可实现图像的放大

     B. 在"导航器"面板中，拖动面板下方的三角形滑钮或直接在"导航器"面板左下角输入放大或缩小的百分比数值

     C. 在图像左下角的百分比显示框中直接输入放大或缩小的百分比数值

     D. 按住 Ctrl 键，直接在"导航器"面板的预览图中用鼠标拖拉矩形块，可将图像放大

30. 单击图层调板上眼睛图标右侧的方框，出现一个链条的图标，表示_____。

     A. 该图层被锁定

     B. 该图层被隐藏

     C. 该图层与激活的图层链接，两者可以一起移动和变形

     D. 该图层不会被打印

判断题

1. 在图层调板中，上面图层的图像总会把下面图层的图像遮住。（   ）

2. 画布尺寸不变，分辨率越高图像像素的个数越多。（   ）

3. Photoshop 不能输出透明背景图像。（　　）

4. 单列选框工具所形成的选区可以填充。（　　）

5. 同一个图像文件中的所有图层具有相同分辨率和色彩模式。（　　）

6. 按 Tab 键可以关闭包括工具箱在内的所有控制面板。（　　）

7. RGB 颜色模式的原理是色光加色法，而 CMYK 颜色模式的原理是色料减色法。（　　）

8. 在 Photoshop 中，存储为 TIFF 图像格式能够保留图层信息。（　　）

9. 在快速蒙版默认编辑模式下，用黑色的画笔涂抹可以增大选区。（　　）

10. 前景色和背景色相互转换的快捷键是 X 键。（　　）

参考答案

单项选择题

1. A	2. C	3. A	4. D	5. D	6. A
7. B	8. C	9. D	10. C	11. D	12. B
13. B	14. A	15. B	16. A	17. B	18. C
19. D	20. A	21. D	22. A	23. C	24. D
25. C	26. C	27. C	28. A	29. A	30. C

判断题

1. 错	2. 对	3. 错	4. 对	5. 对	6. 对
7. 对	8. 对	9. 错	10. 对		

第7篇 动画创作软件 Flash

单项选择题

1. 以下_____操作不能使 Flash 直接进入编辑元件的模式。
   A. 双击舞台上的元件实例
   B. 选中舞台上的元件，然后单击鼠标右键，从弹出的菜单中选择"编辑"
   C. 双击库面板中的元件图标
   D. 将舞台上的元件拖入到库面板中

2. 网络上播放的 Flash 影片最合适的帧频率 fps 是_____。
   A. 每秒 12 帧　　B. 每秒 24 帧　　　　C. 每秒 28 帧　　　　D. 每秒 30 帧

3. Flash 影片频率最大可以设置到_____。
   A. 每秒 99 帧　　B. 每秒 100 帧　　　C. 每秒 120 帧　　　D. 每秒 150 帧

4. 在 Flash 中，可以重复使用的图形、动画或者按钮称为_____。
   A. 元件　　　　　B. 库　　　　　　　C. 对象　　　　　　D. 形状

5. 用矢量图形来描述图像的是_____。
   A. 直线　　　　　B. 曲线　　　　　　C. 色块　　　　　　D. A 和 B 都正确

6. "转换为元件"对话框上的"注册"项的图表▦的作用是_____。
   A. 确定转换后元件的中心点位置　　　B. 确定转换后元件的坐标位置
   C. 确定被转换对象的中心点位置　　　D. 确定被转换对象的坐标位置

7. 以下关于逐帧动画和补间动画的说法正确的是_____。
   A. 两种动画模式下，Flash 都必须记录完整的各帧信息
   B. 前者必须记录各帧的完整记录，而后者不用
   C. 前者不必记录各帧的完整记录，而后者必须记录各帧的完整记录
   D. 以上说法均不对

8. 编辑位图图像时，修改的是_____。
   A. 像素　　　　　B. 曲线　　　　　　C. 直线　　　　　　D. 网格

9. Flash 使用下列_____方法可以置入声音文件。
   A. 打开"窗口"菜单下的"公用库"中的声音资料库，拖拽音效到舞台上
   B. 打开"文件"菜单下的"打开"命令，在打开的对话框中选择要置入的声音文件
   C. 打开"文件"菜单下的"导入到舞台"命令，在导入对话框中选择要置入的声音文件
   D. 打开"插入"菜单下的"导入"命令，在导入对话框中选择要置入的声音文件

10. 以下关于绘制直线、椭圆和矩形的说法错误的是_____。
   A. 当使用椭圆和矩形工具时，可以直接绘制出所需的形状，并且包括填充色
   B. 使用矩形工具时，不但可以画出正方形，还可以画出圆角矩形
   C. 对于矩形工具来说，单击"圆角矩形半径"，设置"角半径"为 0，则得到的是一

个圆角矩形

  D．使用矩形工具，在拖动鼠标时按上、下箭头键可以调整圆角矩形

11．以下哪些对象可以互相切割。_____

  A．交叉的线条　　　　　　　　　　　B．交叉的图形

  C．交叉的图形与线条　　　　　　　　D．以上都是

12．以下哪种方法不可以用来测试动画。_____

  A．按 Enter 键　　　　　　　　　　　B．按 Ctrl+Enter 组合键

  C．按 F7 键　　　　　　　　　　　　 D．选择菜单命令"控制"→"测试影片"

13．库面板中有一元件"元件 1"，舞台上有一个该元件的实例。现通过实例属性面板将该实例的颜色改为 #FF0033，透明度改为 50%。请问，此时库面板中"元件 1"将会发生什么变化。

  A．颜色也变为 #FF0033

  B．透明度也变为 50%

  C．颜色也变为 #FF0033，透明度也变为 50%

  D．不会发生任何改变

14．将一个影片剪辑元件引用到场景中后，如何播放。_____

  A．使用默认播放器　　　　　　　　　B．按 Enter 键

  C．动画播放时会自动播放　　　　　　D．需要使用外插件来播放

15．如果想制作沿路径运动动画，舞台上的对象应该是_____。

  A．形状　　　　 B．元件　　　　 C．文字　　　　 D．声音

16．以下_____动画属于几何变形动画。

  A．字母变数字　　 B．探照灯效果　　 C．图形改变颜色　　 D．蝴蝶飞舞路径

17．如果要让打散的对象由小变大，需要创建_____ 动画。

  A．形状补间　　 B．动作补间　　 C．遮照层　　 D．引导层

18．如果要让群组的对象由小变大，需要创建_____动画。

  A．形状补间　　 B．动作补间　　 C．遮照层　　 D．引导层

19．色彩变化的动画效果，是使用_____动画效果。

  A．形状补间　　 B．动作补间　　 C．遮照层　　 D．引导层

20．在使用擦除工具时，可擦除相同层上的线条和填充区域但文字不受影响的是哪种擦除模式。_____

  A．标准擦除模式　　　　　　　　　　B．擦除填色模式

  C．擦除线条模式　　　　　　　　　　D．擦除所选填充模式

21．下面对于在时间轴中插入帧的操作错误的是_____。

  A．要在动画中插入新帧，选择菜单命令"插入"→"帧"

  B．要创建新的关键帧，选择菜单命令"插入"→"关键帧"

  C．可以使用鼠标右键单击要设置为关键帧的帧，然后从弹出的菜单中选择"插入关键帧"

  D．要创建新的空白关键帧，可以按 F5 键实现

22．以下关于按钮元件的叙述，错误的是_____。

  A．按钮元件里面的时间轴上最多只能放置 4 帧

B．它可以显示不同的图像或动画，分别响应不同的鼠标状态

C．按钮元件的第4帧定义了按钮的激活区域

D．按钮元件是三种元件类型中的一种

23．在 Flash 中，下列_____绘图方式不能绘制笔直的斜线。

A．使用铅笔工具，按下 Shift 键拖动鼠标

B．使用铅笔工具，选 Straighten（伸直）绘图模式

C．直线工具

D．钢笔工具

24．利用 Flash 制作形状补间动画不成功时，有可能存在的误操作是_____。

①忘记插入关键帧　②忘记打散图像　③忘记转成元件　④设错动画形式

A．①②③④　　　B．①③④　　　　　　C．①②④　　　　　D．②③④

25．以下关于使用元件的优点的叙述，正确的是_____。

A．使用元件可以使动画的编辑更加简单化

B．使用元件可以使发布文件的大小显著地缩小

C．使用元件可以使动画的播放速度加快

D．以上均是

判断题

1．如果要让 Flash 同时对若干个对象产生渐变动画，则必须将这些对象放置在不同的层中。（　　）

2．要分离位图图像，操作步骤为：选择当前场景中的位图图像，然后选菜单命令"修改"→"交换位图"。（　　）

3．在对文本块使用"分离"命令时，第一次是将文本块分离成单个字符，然后再次使用"分离"命令才能得到位图形状。（　　）

4．Flash 中的线段不可以填充为渐变色。（　　）

5．在影片剪辑元件和图形元件中都可以做动画。（　　）

6．在默认情况下，Flash 禁用了编辑环境中按钮的功能，以便用户可以选择按钮。（　　）

7．Flash 的影片剪辑元件和图形元件都可以是动画。（　　）

8．群组对象与其他对象重叠在一起时，不会发生交割的现象。（　　）

参考答案

单项选择题

1．D	2．A	3．C	4．A	5．D	6．A
7．B	8．A	9．C	10．C	11．D	12．C
13．D	14．C	15．B	16．A	17．A	18．A
19．B	20．A	21．D	22．B	23．A	24．C
25．D					

判断题

1．对	2．错	3．错	4．错	5．对	6．对
7．对	8．对				

第 8 篇　Premiere Pro 视频编辑

单项选择题

1. 连续的图像变化每秒超过_____帧画面以上时，根据视觉暂留原理，人眼无法辨别每幅单独的静态画面，看上去是平滑连续的视觉效果，这样的连续画面叫视频。

　　A. 24　　　　　　B. 23　　　　　　C. 20　　　　　　D. 15

2. 在"新建项目"对话框中，单击 Costom Setting 选项卡可以自定义设置格式，其中"时间基数"的数字越大，表示合成电影所花费的时间_____。

　　A. 越多　　　　　　　　　　　　B. 越少
　　C. 总是 Frame Rate 数值的两倍　　D. 无关联

3. Premiere Pro 每次能同时打开_____个项目。

　　A. 无数个　　　　B. 3 个　　　　　C. 2 个　　　　　D. 1 个

4. 当执行了错误的剪辑操作后，若想回退操作，应该使用_____。

　　A. 效果面板　　　B. 历史面板　　　C. 视频面板　　　D. 信息面板

5. 时间标尺时基为 30，标尺上的"0：00：00：20"表示第 20 帧，那么"0：00：02：20"表示第_____帧。

　　A. 22　　　　　　B. 220　　　　　　C. 80　　　　　　D. 140

6. 以下_____工具可以把一个素材片断分割成两个素材片断。

　　A. 　　B. 　　C. 　　D.

7. 选择菜单栏中的"文件"→"保存"命令可以把时间线上的作品存为_____格式的文件。

　　A. MPEG　　　　B. AVI　　　　　C. JPG　　　　　D. prproj

8. 在 Premiere Pro 中的项目文件编辑完成后以影片导出的格式是_____。

　　A. RM　　　　　B. MPEG　　　　C. AVI　　　　　D. MOV

9. 要预览片断的特效，最简单最快速的方法是_____。

　　A. 用鼠标拖动播放头　　　B. 生成影片后再播放
　　C. 单击"节目监视器"窗口的播放按钮　　D. 直接按 Enter 键

10. MPEG 文件的音频和视频可以被分别调用，如果希望该素材调用时只调用视频信息，可选择"素材监视器"中的_____按钮。

　　A. 　　　　B. 　　　　C. 　　　　D.

判断题

1. prproj 格式的项目文件，只保存指向素材的指针、已经进行的剪辑操作等信息。（　　　）

2. 在时间线上选中某一素材片断 A，然后按 Dlete 键，时间线上的 A 片断和项目窗口中的 A 片断将同时被删除。（　　　）

3. 使用 Premiere Pro 提供的字幕设计器编辑的字幕，不能作为独立的文件存在，而是包含在 prproj 项目文件中。（　　　）

4．MPEG 文件通常包含了音频和视频的信息，音频和视频可以分别被调用。（　　）

5．通过调整片断的播放速度，可以实现加快和放慢等特殊效果，播放速度 100% 表示正常速度，而 50% 表示加快一倍。（　　）

参考答案

单项选择题

1. A	2. D	3. D	4. B	5. C	6. B
7. D	8. C	9. A	10. B		

判断题

1．对　　　　2．错　　　　3．对　　　　4．对　　　　5．错

第9篇 综合应用

单项选择题

1. 目前常用的保护计算机网络安全的技术性措施是_____。
   - A. 防火墙
   - B. 防风墙
   - C. KV3000 杀毒软件
   - D. 使用 Java 程序

2. 目前最好的防病毒软件的作用是_____。
   - A. 检查计算机是否染有病毒，消除已感染的任何病毒
   - B. 杜绝病毒对计算机的侵害
   - C. 查出计算机已感染的任何病毒，消除其中的一部分
   - D. 检查计算机是否染有病毒，消除已感染的部分病毒

3. 多媒体技术的主要特征有_____。
   ①多样性　②集成性　③交互性　④实时性
   - A. ①②③
   - B. ①②④
   - C. ②③④
   - D. 全部

4. 多媒体技术是将_____融合在一起的一种新技术。
   - A. 计算机技术、音频技术、视频技术
   - B. 计算机技术、电子技术、通信技术
   - C. 计算机技术、视听技术、通信技术
   - D. 音频技术、视频技术、网络技术

5. 下面关于多媒体系统的描述中，_____是不正确的。
   - A. 多媒体系统是对文字、图形、声音等信息及资源进行管理的系统
   - B. 数据压缩是多媒体处理的关键技术
   - C. 多媒体系统可在微型计算机上运行
   - D. 多媒体系统只能在微型计算机上运行

6. 下面关于流媒体的说法，正确的是_____。
   - A. 流媒体实现的关键技术就是流式传输
   - B. 流媒体就是容量很小的多媒体
   - C. 流媒体就是在网络传输的媒体
   - D. 流媒体只能播放，不能下载

7. 下面_____缩写的含义是"传输控制协议"。
   - A. IPX
   - B. TCP
   - C. URL
   - D. HTTP

8. _____是指用户接触信息的感觉形式，如视觉、听觉和触觉等。
   - A. 感觉媒体
   - B. 表示媒体
   - C. 显示媒体
   - D. 传输媒体

9. 能够实现音频格式转换的工具是_____。
   - A. Windows 录音机
   - B. Format Factory
   - C. RealOne Player
   - D. Windows Media Player

10. 下列信息服务中，_____不属于因特网的专题组服务。
    A. 万维网主页   B. 电子邮件列表   C. 新闻组   D. BBS 信息板区
11. OSI 的中文含义是_____。
    A. 网络通信协议   B. 国家信息基础设施
    C. 开放系统互连参考模型   D. 公共信息通信
12. 计算机网络的应用越来越普遍，它的最大好处在于_____。
    A. 节省人力   B. 存储容量扩大
    C. 可实现资源共享   D. 使信息存取速度提高
13. 计算机网络的资源共享功能包括_____。
    A. 硬件资源和软件资源共享
    B. 软件资源和数据资源共享
    C. 设备资源和非设备资源共享
    D. 硬件资源、软件资源和数据资源共享
14. 衡量网络上数据传输速率的单位是 b/s，其含义是_____。
    A. 信号每秒传输多少公里
    B. 信号每秒传输多少千公里
    C. 每秒传送多少个二进制位
    D. 每秒传送多少个数据
15. 远程登录是使用下面的_____协议。
    A. SMTP   B. FTP   C. UDP   D. TELNET
16. 把邮件服务器上的邮件读取到本地硬盘中，使用的协议是_____。
    A. SMTP   B. POP   C. SNMP   D. HTTP

判断题

1. Internet 是全球最具影响力的计算机互联网，也是世界范围的重要的信息资源网。（   ）

2. Internet 为人们提供多种服务项目，最常用的是在 Internet 各站点之间漫游，游览文本、图形和声音等各种信息，这项服务称为 WWW 服务。（   ）

3. 多媒体技术简单地说就是计算机综合处理声音、文本、图像等信息的技术。（   ）

4. 多媒体信息数据量巨大不利于存储和传输，所以要以压缩的方式存储和传输数字化的多媒体信息。（   ）

5. 计算机只能加工数字信息，因此，所有的多媒体信息都必须转换成数字信息，再由计算机处理。（   ）

6. 流媒体技术是一种可以使音频、视频等多媒体文件在 Internet 上以实时的、无须下载等待的流式传输方式进行播放的技术。（   ）

7. 在多媒体技术中，存储声音的常用文件格式有 WAV 文件、VOC 文件、MIDI 文件和 SWF 文件。（   ）

8. 网络中各个结点相互连接的形式，叫做网络的拓扑结构。（   ）

9. 目前，局域网的传输介质（媒体）主要是同轴电缆、双绞线和电话线。（   ）

10. ping 和 Ipconfig 的作用分别是，测试网络连接情况和查看网络的整体使用情况。（   ）

11. http 和 ftp 默认的通信端口分别是 80 和 21。（   ）